LER PESSOA

jerónimo pizarro

ler pessoa

SÃO PAULO
TINTA-DA-CHINA BRASIL
MMXXIII

© Jerónimo Pizarro, 2018

*A segunda edição deste livro foi apoiada pela
Direção-Geral do Livro e das Bibliotecas — DGLAB
Secretaria de Estado da Cultura — Portugal*

1ª edição: junho de 2018
2ª edição: abril de 2023
Tiragem: 1.500 exemplares

Edição original: Lisboa: Tinta-da-China, 2018
Publicado mediante acordo com Tinta-da-China Portugal

Dados Internacionais de Catalogação na Publicação (CIP) de acordo com ISBD

P695l   Pizarro, Jerónimo
        Ler Pessoa / Jerónimo Pizarro. - São Paulo :
        Tinta-da-China Brasil, 2023.
        176 p. : il. ; 13cm x 18,5cm.

        ISBN 978-65-84835-11-5

        1. Literatura portuguesa. 2. Fernando Pessoa. I. Título.

2023-207   CDD: 869
                CDU: 821.134.3

Elaborado por Odilio Hilario Moreira Junior - CRB-8/9949

Índice para catálogo sistemático:
1.   Literatura portuguesa 869
2.   Literatura portuguesa 821.134.3

Edição: Bárbara Bulhosa/Tinta-da-China Portugal
Revisão: Luiza Gomyde · Henrique Torres · Mariana Delfini
Design: Vera Tavares

TINTA-DA-CHINA BRASIL
Direção geral: Paulo Werneck
Direção executiva: Mariana Shiraiwa
Editorial: Mariana Delfini · Paula Carvalho · Ashiley Calvo (assistente)
Design: Giovanna Farah · Isadora Bertholdo
Comercial: Andreia Ariani · Leandro Valente

Todos os direitos desta edição reservados à
Tinta-da-China Brasil · Associação Quatro Cinco Um
Largo do Arouche, 161, sl2 · República · São Paulo · SP · Brasil
editora@tintadachina.com.br · tintadachina.com.br

ÍNDICE

Nota prévia	7
1. Pluralidade	9
2. Unidade	27
3. Interpretação	47
4. Heteronimismo	63
5. Alberto Caeiro	85
6. Álvaro de Campos	105
7. Ricardo Reis	125
8. *Livro do desassossego*	141
Bibliografia	161
Nota biográfica	175

NOTA PRÉVIA

Tendo editado e traduzido Pessoa, tendo mantido uma revista académica internacional, dedicada a estudos sobre Fernando Pessoa (*Pessoa Plural*), tendo organizado encontros e participado em eventos sobre temas de língua e cultura portuguesa, hoje sinto, com gratidão, que ler Pessoa me levou um dia a descobrir "toda uma literatura" (Pessoa, 2009b, pp. 296, 356, 576), quer a do próprio Pessoa, que utilizou esta expressão, quer a escrita em português. Ler Pessoa levou-me a ler mais Pessoa e até livros da sua biblioteca particular. Ler Pessoa levou-me a ler os seus inúmeros leitores, os seus mais alquímicos críticos e os seus diversos biógrafos. Ler Pessoa mudou a minha vida e daí eu ter aceitado o título proposto por Carlos Pittella para um livro recente: *Como Fernando Pessoa pode mudar a sua vida* (Rio de Janeiro, 2016; Lisboa, 2017). Para mim, ler Pessoa é entrar num universo, ou melhor, num "universão", como Álvaro de Campos descreveu Walt Whitman (Pessoa, 2014c, p. 571). Espero que este livro convide a visitar e revisitar esse "universão". A ler e reler Pessoa. A entrar e a sair de Pessoa.

Este livro, como *O silêncio das sereias* (2015), é também um "repositório de dádivas e dívidas" (Medeiros, 2015, p. 13). Basta-me lembrar alguns nomes, para além dos que estão na bibliografia, para esboçar um mapa desse repositório: Ricardo Viel, Rosana Zanelatto, Lilian Jacoto, Manuel Portela, Michela Graziani, Beatrice Tottossy, José Correia, Claudia Sousa, Marta Gonçalves, Edvaldo Bergamo, Ana Clara Magalhães, João Pignatelli, Sandra Ferreira, Isabel Caldeira, Maria Irene Ramalho, Ana Falcato, Antonio Cardiello, José Barreto, Vasco Silva, Manuel Borrás, Jorge Wiesse, Mario Barrero, Daniel Balderson, Richard Correll, João Cezar de Castro Rocha, Patricio Ferrari, Filipa de Freitas, Piero Ceccucci, Giulia Lanciani, Joana Matos Frias, Jorge Bastos da Silva, Gonçalo Vilas-Boas, Onésimo Almeida, Rodrigo Xavier, Jorge Uribe, Antonio Sáez Delgado, Dinu Flamand, Carlos Reis, Leyla Perrone-Moisés e muitos outros. Também terei de referir a equipa toda da Tinta-da-China e tantos amigos. Este livro fica mais do que dedicado, *in memoriam*, a uma amiga: Nandia Vlanchou.

1. PLURALIDADE

A pluralidade da obra de Fernando Pessoa — que também pode ser entendida como a pluralidade do seu criador — é responsável, em grande medida, pela atração que desde há décadas vem desencadeando a obra pessoana, como se de um abismo se tratasse, como se, por meio dela, assomássemos ao abismo do ser. "Que deus detrás de Deus o ardil começa",[1] pergunta Jorge Luis Borges, sugerindo a ausência de um deus original responsável pela criação. E Pessoa, que poderia ter sido essa instância geradora no caso das suas criações, parece responder a Borges, afirmando que "o deus que faltava" não foi ele, mas Alberto Caeiro, por ele próprio concebido.[2] Ora, se Caeiro, que foi inventado, é o "deus detrás de Deus", Pessoa, seu inventor, passa a ser uma

---

1 Veja-se o final do poema "Xadrez", de *O fazedor*: "Deus move o jogador, e este, a peça. | Que deus detrás de Deus o ardil começa | de pó e tempo e sonho e agonias?" (2013, p. 20).

2 Num valioso ensaio sobre Alberto Caeiro, "'O Deus que faltava': Pessoa's Theory of Lyric Poetry", Maria Irene Ramalho (2013) recupera um verso famoso do poema VIII de *O guardador de rebanhos*: "Elle é a Eterna Creança, o deus que faltava...". Os manuscritos caeirianos podem ser consultados na página na internet da Biblioteca Nacional de Portugal (BNP): <http://purl.pt/1000/1/alberto-caeiro/index.html> (cf. Pessoa, 2006b).

criação de Caeiro e deixa de ser possível chegar a uma instância suprema, posto que esta ou não existe, ou é apenas uma invenção de todas as outras. Deste modo, Pessoa afirma ter-se tornado um discípulo de Alberto Caeiro, tal como Álvaro de Campos, outra criação de Pessoa, nos diz que tanto ele, como Ricardo Reis e Alberto Mora, apenas se transformaram no que realmente valia a pena serem após "passarem" por Caeiro, "pelo passador d'aquella intervenção carnal dos Deuses".[3] Nesta ocasião, não me interessa discutir a verdade histórica da ficção, mas admitir, com Wallace Stevens, que a poesia é a ficção suprema e aceitar a verdade poética da génese dos três heterónimos de Fernando Pessoa (Alberto Caeiro, Álvaro de Campos e Ricardo Reis), pois creio que esta ficção, composta por cada uma das ficções individuais chamadas heterónimos, ou "pessoas-livros",[4] é responsável por essa atração exercida pela obra pessoana sobre todos nós.

Deste modo, aquilo a que me proponho é analisar três leituras possíveis da obra em questão, três formas críticas de a abordar que, a meu ver, vão continuar a traçar os caminhos pelos quais os leitores chegam a essa obra. Evocando Pirandello, diria que Pessoa pode ser visto como um, nenhum ou cem mil.[5] Quem tem construído um Pessoa mais indiviso? Quem tem militado a favor de um mais vazio? E quem defende um poeta mais múltiplo?

---

3 Cf. "Em torno do meu mestre Caeiro havia, como se terá deprehendido d'estas paginas, principalmente trez pessoas – o Ricardo Reis, o Antonio Mora e eu [Álvaro de Campos]. [...] E todos nós trez devemos o melhor da alma que hoje temos ao nosso contacto com o meu mestre Caeiro. Todos nós somos outros – isto é, somos nós mesmos a valer – desde que fomos passados pelo passador d'aquella intervenção carnal dos Deuses" (Pessoa, 2012b, p. 101; 2014c, pp. 459-460).

4 "A dentro do meu mester, que é o litterario, sou um profissional, no sentido superior que o termo tem; isto é, sou um trabalhador scientifico, que a si não permitte que tenha opiniões extranhas á especialização litteraria, a que se entrega. E o ter nem esta, nem aquella, opinião philosophica a proposito da confecção d'estas pessoas-livros, tampouco deve induzir a crer que sou um sceptico" (Pessoa, 2010, tomo 1, p. 447).

5 Recordemos uma das suas novelas mais famosas: *Um, nenhum e cem mil* (1926).

Estas páginas serão dedicadas a responder a estas perguntas. Hoje, que continuamos a debater o número total de *dramatis personæ* inventadas por Pessoa, creio que convém retomar a clássica questão colocada por Jacinto do Prado Coelho: unidade ou diversidade?

Indo ao encontro dessa interrogação, que não creio venha a perder atualidade enquanto existirem os estudos pessoanos, vou ater-me a três obras clássicas que, na minha opinião, representam bem as três perspetivas críticas acima mencionadas: *Diversidade e unidade* (1949), que apresenta um Pessoa mais unitário; *Aquém do eu, além do outro* (1982), que defende um Pessoa com menos existência; e *Pessoa por conhecer* (1990), que revela um poeta mais diverso. Naturalmente, remeto-me apenas a estas três obras e não a muitíssimas outras possíveis, com o fito de simplificar a análise, mas também porque cada uma delas se afirmou como um marco crítico no seu momento histórico. Hoje, é justo recordá-las e propor um esquema de leitura com base nos seus pressupostos, que poderia até ser muito mais complexo, mas que, para os objetivos deste ensaio, não é absolutamente necessário que o seja. Ao fim e ao cabo, o ponto de partida está constituído por três vetores — um, nenhum e cem mil —, que definem um conjunto de coordenadas bastante amplo. Já Antonio Tabucchi, por exemplo, referindo-se a Pessoa, costumava falar, como tantos outros críticos, através de oximoros: *Una sola moltitudine* [Uma só multidão] (1979) ou *Un baule pieno di gente* [Um baú cheio de gente] (1990).

Comecemos por analisar o livro de Jacinto do Prado Coelho, que inicialmente foi publicado sob a forma de um suplemento da revista *Ocidente*, em 1949, e que, todavia, em princípios da década de 1980, foi ainda considerado por Leyla Perrone-Moisés como "a melhor introdução à leitura de Pessoa" (1982, p. 6).

Em *Diversidade e unidade em Fernando Pessoa*, escrito entre 1947 e 1949, Prado Coelho traça um retrato das seis individualidades poéticas de Fernando Pessoa (Alberto Caeiro, Ricardo Reis, Fernando Pessoa lírico, Fernando Pessoa autor de *Mensagem*, Álvaro de Campos e Bernardo Soares), propõe cinco temas ou motivos centrais a essas seis individualidades e procura "surpreender a unidade essencial implícita na diversidade das obras ortónimas e heterónimas" ([1949] 1991, p. 11), tendo em conta, fundamentalmente, questões estilísticas e a existência de um drama total, caracterizado pelo desejo de absoluto e o ceticismo inexorável que, a seu ver, convergem em Fernando Pessoa. Prado Coelho imagina um eixo e descreve cada individualidade como uma linha axial, que, temática e estilisticamente, estaria unida a esse eixo. O Pessoa de Prado Coelho é um Pessoa radiante, pleno, luminoso como um corpo celeste. Não é um astro entre astros, nem um planeta isolado, mas o próprio sol de um determinado universo; daí que o crítico português possa corroborar, em modo de conclusão, "a existência de uma personalidade única, verdadeiramente inconfundível" ([1949] 1991, p. 12), e tornar patente a sua genialidade.[6]

Prado Coelho pretendeu, em suma, "descobrir a unidade psíquica na polimorfia" ([1949] 1991, p. 73), insistiu, num ato de fé, na existência de "um núcleo de personalidade una", "um denominador estilístico insofismável" ([1949] 1991, p. 122), opondo-se às invetivas de Campos contra o dogma da personalidade em *Ultimatum* (1917) e, finalmente, não aceitando como verídicas algumas

---

6   É interessante notar que Prado Coelho desdobrou Pessoa em Fernando Pessoa lírico e Fernando Pessoa autor de *Mensagem*, o que nos permite suspeitar que poderia tê-lo desdobrado também, para lá da lírica e da épica, em Fernando Pessoa autor de *Fausto*, por exemplo, se o *Fausto* tivesse sido publicado antes de 1949. Veja-se a edição do *Fausto* preparada por Carlos Pittella (Pessoa, 2018).

afirmações de Pessoa, o "insincero verídico" (Monteiro, 1954), em que o escritor procurou distinguir de si mesmo as suas figuras sonhadas. Enquanto Leyla Perrone-Moisés, como veremos, se deixou levar pela corrente de algumas imagens pessoanas que iam ao encontro das investigações sobre o sujeito poético na década de 1970, Prado Coelho resistia a aceitar a ficção das ficções pessoanas e, ainda que Pessoa tenha dito que era o menos existente da sua criação, o crítico aferrava-se ao porto seguro ou à terra firme de "uma unidade psíquica básica" ([1949] 1991, p. 73), à qualidade misteriosa de um mundo único e original, próprio do génio, e aos "rasgos linguísticos comuns" ([1949] 1991, p. 152) da obra pessoana, que, inclusive, foram corroborados num ensaio de estilística lexical, em 1969, através de uma análise computacional.

Confesso que compreendo bem a atitude de Jacinto do Prado Coelho, ainda que a considere excessiva. Por vezes, parece-nos que Fernando Pessoa é algo volátil, ou algo que muitos críticos volatizam, e é como se tudo o que é sólido se dissolvesse no ar, para glosar Marshall Berman (1982). Pessoa deixa de ser Pessoa, alguém que existiu — vou abster-me de dizer "realmente existiu" — entre 1888 e 1935, e converte-se numa miríade de figuras, numa grande encenação e no nome de uma nova galáxia. Como poeta proteico ou possuído, Pessoa deixa de ser o paciente artesão de uma obra, para dar lugar ao *medium* de figuras não por inteiro suas, que o usavam como via de acesso ao mundo. Prado Coelho, com alguma irritação (cf. "Pessoa teria gerado Campos como as fêmeas dão à luz os filhos", [1949] 1991, p. 159), insiste numa visão diferente da poesia e do poeta, não como inspiração e arrebatamento de um ser excecional, de origem platónica, mas como artífice de um ser uno e único. Proteger Pessoa da desagregação foi a fórmula de Prado Coelho para amuralhar o génio pessoano, génio mais pela sua unidade do que pela sua capacidade de despersonalização, considerando o crítico que esta seria "muito relativa" ([1949] 1991, p. 165). Como afirmei, compreendo a postura de Prado Coelho, apesar de esta raiar, por vezes, o essencialismo (cf. "afinidades que deixam adivinhar uma unidade essencial", [1949] 1991, p. 165) e já albergar a sua antítese, que, de certa forma, foi proposta mais por quem defendeu um Pessoa nulo do que pelos partidários do poeta múltiplo. Passemos ao segundo livro, aquele de 1982.

(Parêntesis: pensemos no chamado disco de Newton, que descobriu que a luz branca do Sol é composta pelas cores do arco-íris e, para demonstrá-lo, fez girar velozmente um disco com essas cores, que, passados uns segundos, formaram, juntas, a cor branca. Enquanto a cor negra é a ausência de todas as cores quando não há luz, o branco contém todas as cores que conseguimos ver, pois é constituído por todos os comprimentos de onda do espetro visível. Uma dupla possibilidade: podemos ver Pessoa dividido em muitas cores ou indivisamente branco, dependendo se o disco está fixo ou em rotação. Mas trata-se de uma ilusão. Outra possibilidade: podemos imaginar Pessoa como um prisma que refrata, reflete e decompõe a luz nas cores do arco-íris. Mas, nesse caso, ele seria não a fonte de luz, mas um meio transparente.)

Leyla Perrone-Moisés, que foi aluna de Roland Barthes e que se tornou, com o tempo, coordenadora da coleção "Roland Barthes" da editora brasileira WMF Martins Fontes, publicou em 1974 um ensaio na revista *Tel Quel*, "Pessoa Personne?", ensaio que serviria de base ao seu livro *Fernando Pessoa, aquém do eu, além do outro* (1982), publicado no mesmo ano da primeira edição do *Livro do desassossego* (1982). O seu ensaio pode ser considerado como equivalente a "A morte do autor" (1968), de Barthes, no campo da bibliografia pessoana — uma espécie de "A morte de Pessoa" — e o seu livro é, paradoxalmente, uma das melhores introduções ao *Livro do desassossego*, ainda que a autora

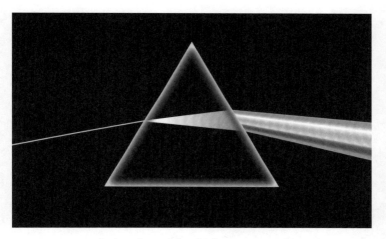

FIG. 1. DISPERSÃO ÓTICA (OU CROMÁTICA); ESTA IMAGEM FOI A CAPA DO ÁLBUM
THE DARK SIDE OF THE MOON (1973), DO PINK FLOYD

conhecesse apenas alguns dos fragmentos dessa obra (como o texto que propõe uma estética da abdicação, por exemplo, e faz parte das *Páginas íntimas e de autointerpretação*, 1966, p. 63). Interessa salientar que tudo teve origem entre 1973 e 1974, quando Perrone-Moisés, obcecada pelas suas leituras da obra pessoana e jogando com a negação que resulta do vocábulo francês "personne", lançou uma provocação na revista dirigida por Philippe Sollers: "Pessoa é ninguém" (1982, p. 3), com e sem ponto de interrogação, num gesto desafiador, que se repetiria na bibliografia pessoana, no ano de 2012: *Pessoa existe?*.

O objetivo de Leyla Perrone-Moisés era "estudar porque e como Pessoa é um *ninguém*; mas, principalmente, mostrar como esse *ninguém* fez-se *alguém*, coisa de que o próprio Poeta chegou a duvidar" (1982, p. 66). O segundo objetivo talvez se tenha destacado do primeiro, visto que no ensaio de 1974 encontramos afirmações mais sonantes e radicais, que, nos capítulos subsequentes ("Pessoa Personne?" abre o livro de 1982), foram sendo matizadas. No dito ensaio, Perrone-Moisés, após citar a nota biográfica mecanografada por Fernando Pessoa em março de 1935 (cf. *Eu sou uma antologia*, Pessoa, 2013a e 2016a, pp. 654--656), declara que "Fernando Pessoa 'ele mesmo' não existiu" (1982, p. 12), e que, apesar de os críticos lhe tentarem impor as fronteiras de um sujeito unitário que representasse um sujeito "verdadeiro", Pessoa foi o centro não ocupado de um círculo giratório (quase, como dizia Claude Lévi-Strauss, o ponto cego de uma constelação cósmica ou de um conjunto de mitos),[7] e, portanto, um "sujeito estourado em mil sujeitos, para se tornar um não-sujeito", um efeito de linguagem, um ponto de convergência e divergência das suas múltiplas identidades. Esta visão de Pessoa, que quase rasurava o tradutor de cartas comerciais da baixa de Lisboa, o transeunte enigmático de algumas fotografias a preto e branco, era radical e sugeria que Pessoa, enquanto sujeito, se havia perdido e se havia transformado, nas suas próprias palavras, num "vácuo-pessoa" (1982, p. 21),[8] num ser que se havia anulado a si mesmo e já não podia regressar a um eu unitário depois de se multiplicar em "outros eus".

Depois da publicação do ensaio "Pessoa Personne?" em *Tel Quel*, Leyla Perrone-Moisés — para quem Pessoa em 1974 era somente "dez ou doze outros eus" (1982, p. 13) e não mais de

---

7 Segundo Lévi-Strauss, o mito cresce como uma espiral, pois cada versão é ligeiramente distinta da anterior; e a configuração do conjunto formado por um mito e suas diferentes variantes, após algum tempo, assemelha-se a uma nebulosa, "cuja organização é revelada nas partes centrais, enquanto em sua periferia reinam ainda a incerteza e a confusão" (Lévi-Strauss, 2004, p. 21).

8 A fonte é um texto incluído em *Páginas íntimas e de autointerpretação* (Pessoa, 1966, p. 60), datado pelos editores de cerca de 1915, que cito depois de cotejar o original (BNP/E3, 20-47'): "Ficarei o Inferno de ser Eu, a Limitacão Absoluta, Expulsão-Ser do Universo longinquo! Ficarei nem Deus, nem homem, nem mundo, mero vacuo-pessoa, infinito de Nada consciente, pavor sem nome, exilado do proprio Mysterio, da propria Vida. Habitarei eternamente o deserto morto de mim, erro abstracto da criação que me deixou atraz. Arderá em mim eternamente, inutilmente, a ansia esteril do regresso a ser".

setenta ou cem — compreendeu a necessidade de sublinhar uma valência menos negativa do seu trabalho e a urgência de se apegar menos às próprias palavras de Pessoa, que tendem a levar-nos pelos caminhos do vazio, da ausência, da inexistência, do despojamento, da passividade, das feridas e do abandono. Por isso, no prólogo de 1981, Perrone-Moisés defendeu a existência de uma inversão: "A poesia de Pessoa é a reversão do ninguém em Alguém, do 'discurso vazio' em 'discurso pleno'" (1982, p. 4). Esse Alguém, com maiúscula, nascia, pois, da poesia, da criação poética de ficções, do recurso ao imaginário para suprimir o vazio do sujeito e a brecha do desejo, em termos lacanianos. Redenção parcial, característica da crítica da época, ainda que não isenta de verdade: depois da morte do autor resta-nos, acima de tudo, os seus textos, e estes são o nosso principal meio para esboçar uma *persona*. Neste sentido, para Perrone-Moisés, o dia-a-dia de Pessoa foi menos a sua vida do que a sua obra: "Para Pessoa, o quotidiano foi a sua poesia, e o corpo desencarnou-se, cifrado nos rastros de tinta sobre o papel, atestando indefinidamente sua impossibilidade de sentir-se real e inteiro" (1982, p. 73). Não surpreende que, mais tarde, tenha surgido, na vertente crítica mais interessada pelas questões do género e da sexualidade, a necessidade de "corporalizar" Pessoa (Klobucka e Sabine, *Embodying Pessoa*, 2007), ainda que esta tendência tenha insistido em devolver "o corpo" ao escritor português quase exclusivamente através da análise da sua sexualidade e da dos seus "outros eus". Mais prudente foi Perrone-Moisés, quando recordou que o "Vácuo-Pessoa é pontualmente e constantemente habitado de afetos", que a poesia pessoana é um "canto, melodia e ritmo" e que estes "são os rastros de um corpo desejante" (1982, pp. 104-105).

Lido hoje, o livro de Leyla Perrone-Moisés — que foi reeditado em 2001 — mantém uma surpreendente atualidade, talvez pelo valor apaixonado da sua autora, quando em 1974 se perguntou se Pessoa era nada. Esta é uma pergunta que não se pode desvincular das indagações gerais sobre a obra de Fernando Pessoa e nenhum outro crítico a fez até ao momento com tanta lucidez e pertinência como Perrone-Moisés, que, significativamente, nos anos 1970, quase se coibia de escrever sobre Pessoa, assustada pela vastidão da bibliografia pessoana, que, à altura, era já bastante vasta. Felizmente, não o fez. E de facto, com essa bibliografia a crescer exponencialmente, é curioso descobrir que já outros críticos se sentiram intimidados pelo "monstruoso" da *pessoana* — nos termos de José Blanco (2008) —, mas superaram a ameaça e saíram vitoriosos do confronto.

Os livros de Jacinto do Prado Coelho e Leyla Perrone-Moisés são mais teóricos do que o terceiro que me proponho aqui abordar: *Pessoa por conhecer* (1990), de Teresa Rita Lopes, que também foi aluna de Roland Barthes, como Perrone-Moisés, mas nunca se pautou tendencialmente por uma aproximação à literatura a partir da teoria. Confesso que poderia ter elegido outro livro — um que defendesse que Pessoa foi um esquizofrénico, como *O caso clínico de Fernando Pessoa* (1990), de Mário Saraiva, por exemplo —, mas não somente não acredito no diagnóstico de esquizofrenia, como não considero que seja necessário considerar a multiplicidade de Fernando Pessoa — que escreveu "Sejamos múltiplos, mas senhores da nossa multiplicidade" (2009b, p. 241) — como um sintoma patológico. O livro de Saraiva e o de Lopes são contemporâneos e o que interessa notar hoje, retrospetivamente, é que enquanto Saraiva quis explicar o heteronimismo a partir de um diagnóstico clínico, Lopes veio demonstrar que não tínhamos ainda uma noção clara da magnitude desse fenómeno. O nome de Pessoa é uma legião, para usar a expressão dos evangelhos, mas quantos entes formam essa legião? Antes do estudo de

Teresa Rita Lopes, acreditava-se que seriam uns vinte; depois dela, a cifra total superou os setenta e, mais tarde, superaria os cem. Em 1966, António Pina Coelho, depois de nomear as cartas e visões atribuídas a um tal Sr. Pantaleão, propôs a seguinte "lista de heterónimos e sub-heterónimos":

> Alberto Caeiro, Álvaro de Campos, Ricardo Reis, Bernardo Soares, C. Pacheco, Doutor Abílio Ferreira Quaresma, Vicente Guedes, António Mora, Chevalier de Pas, Alexander Search, A.A. Cross, Charles Robert Anon, Pero Botelho, Caesar Seek (var. de Alexander Search, que, traduzido para português, figura Alexandre Busca), Dr. Nabos, Ferdinand Summan (?) (Fernando Pessoa, since Summan (?) = Some one = Person = Pessoa), Jacob Satan, Erasmus (?), Dare (?) (1966, p. 342).

A lista misturava personagens de ficção com autores fictícios e continha algumas impressões, mas já deixava antever que Pessoa era um mundo por conhecer. A estas figuras, Pina Coelho agregou outras três, em *Os fundamentos filosóficos da obra de Fernando Pessoa* (1971, tomo 1, p. 64): o Barão de Teive, Jean Seul e Carlos Otto. Haviam-lhe, de facto, escapado essas personagens, nomeadamente o Barão de Teive, que Maria Aliete Galhoz tinha já revelado em 1960, na edição da *Obra poética* da editora Aguilar. Em 1977, Teresa Rita Lopes deu a conhecer outros três nomes: Thomas Crosse, Raphael Baldaya e Charles James Search (1977, pp. 266-283) e, finalmente, em 1990, apresentou a sua célebre lista de 72 *dramatis personæ*. É a ela, principalmente, que devemos a imagem de Pessoa como um dramaturgo múltiplo; recordemos que em 1985, cinco anos antes de *Pessoa por conhecer*, Lopes publicou um livro-palco, *Le Théâtre de l'être*, onde desdobrou e colocou em diálogo os monólogos individuais de Pessoa e seus "outros eus".

Convém aqui fazer algumas outras observações, antes de analisar *Pessoa por conhecer* (1990). Em termos teóricos, Lopes não estava muito distante de Perrone-Moisés. Ambas haviam cursado uma escola parecida, Lopes adotaria o jogo de palavras proposto pela ensaísta brasileira ("Pessoa Personne") e o título de uma exposição em cuja organização Lopes participou, *Coração de Ninguém* (1985), não era alheio ao intento prévio de habitar de afetos a figura mental de "vácuo-Pessoa". Simplesmente, Perrone-Moisés foi mais longe, partindo da teoria, na análise da questão da despersonalização do sujeito poético, enquanto Lopes, quase como uma novelista, se dedicou a definir as personagens e o enredo de um "romance-drama-em-gente" (1900, tomo 1, pp. 165 *et seq.*). Porém, ambas entendiam o dilema unidade/diversidade e ambas conheciam as considerações de Keats sobre a identidade camaleónica do poeta, as posições modernistas de Joyce e Eliot sobre a personalidade artística, o texto de Borges sobre Shakespeare[9] e, seguramente, uma frase famosa de Whitman: "Me contradigo? | Tudo bem, então... me contradigo; | Sou vasto... contenho multidões." ("Canção de mim mesmo", 2008, p. 129)[10] Ora, se distinguimos o trabalho de Perrone-Moisés do labor de Lopes é, precisamente, porque o primeiro nos conduz a todas as considerações teóricas sobre o sujeito poético, enquanto o segundo nos leva a um teatro do ser, que se transformaria em romance. Simplificando, *Aquém do eu, além do outro* representa a teoria, enquanto *Pessoa por conhecer* demonstra a prática, e uma prática de que derivam, pelo menos, outros quatro livros: *Fernando Pessoa:*

---

9 Em "Everything and Nothing", deus responde ao dramaturgo inglês: "Eu tampouco o sou; sonhei o mundo como sonhaste tua obra, meu Shakespeare, e entre as formas de meu sonho está tu, que como eu és muitos e ninguém". Jorge Luis Borges (1999).
10 Vejam-se as várias edições de *Folhas de relva* em The Walt Whitman Archive e concretamente esta página: <https://whitmanarchive.org/published/LG/figures/ppp.00707.086.jpg>.

De fictie vergezelt mij als mijn schaduw [Fernando Pessoa: A ficção acompanha-me, como a minha sombra] (2009), de Michaël Stoker, que propôs uma nova lista de 83 personagens; *Fernando Pessoa: uma quase autobiografia* (2011), de José Paulo Cavalcanti Filho, que enumerou e descreveu 127 nomes; *Teoria da heteronímia* (2012), de Fernando Cabral Martins e Richard Zenith, que agruparam 106 nomes por ordem cronológica; e *Eu sou uma antologia* (2013), de Jerónimo Pizarro e Patricio Ferrari, que vem apresentar 136 autores fictícios.

Feitas estas observações e ressalvas, recordemos brevemente algumas das apreciações de Teresa Rita Lopes. No seu livro, oferece--nos esta imagem da obra pessoana:

> A obra de Pessoa é uma inflorescência, um malmequer de sombras-personagens. Se eu lhe arrancar uma pétala e a analisar meticulosamente, até ao microscópio, não ficarei com isso a conhecer o malmequer. Estudar separadamente este ou aquele heterónimo, este ou aquele tema ou faceta de Pessoa, e desfolhar o malmequer para apenas classificar uma das pétalas. Por isso me aplico há muito a reconstituir o conjunto em que cada ser-pétala participa.

E depois desta declaração de princípios, acrescenta:

> O romance-drama-em-gente é constituído não apenas pelos monólogos de cada personagem e pela sua interacção, mas também pelos fios narrativos que os congregam numa teia única. E uma teia tecida a várias mãos, um conto contado a várias vozes [...] [por] seres dessa "pequena humanidade" de que Pessoa afirmou ser o "centro", ou, por outras palavras, "o coração de ninguém" (1990, tomo 1, pp. 171-172).

Em suma, Lopes imaginou um mosaico e, para tecê-lo, utilizou os retalhos ou fragmentos textuais atribuíveis a cada personagem, com a intenção de demonstrar que, nessa tela narrativa total, o universo pessoano, como um malmequer, se abria e brilhava em todo o seu esplendor. Pessoa era múltiplo, mas era uma flor, uma galáxia, uma sinfonia e seria, portanto, errado olhar apenas as árvores e não ver o bosque, ou ver o bosque e não ver a vida que se desdobra sob as copas das árvores.

A meu ver, a multiplicidade de Pessoa reside menos na sua multiplicidade real, por assim dizer, no facto de ter forjado cento e tal figuras — o que não é excessivo, se pensarmos que o labor se desenrola por mais de trinta anos —, do que na sua multiplicidade póstuma e para a qual não nos é possível eleger apenas um livro que a caracterize. Neste sentido, para conceber Pessoa como cem mil, talvez seja menos útil pensar em *Pessoa por conhecer* ou n'*O caso clínico de Fernando Pessoa* do que em todas as centenas de livros que se têm escrito sobre Pessoa, que um dia se tornaram mil e que talvez cheguem a milhares ou a milhões. Acredito que Pessoa foi múltiplo, mas também que nós — os críticos, os seus leitores — o continuamos a multiplicar e desdobrar de forma exponencial; e que, cada dia, a sua autêntica e definitiva multiplicidade é esta, ante a qual a outra, a verdadeira, se vai tornando pequena. Que representa um Pessoa que foi 136 *personae* ante um Pessoa traduzido em dezenas de idiomas, lido em incontáveis países e citado por milhões de pessoas? Permitam-se deixar esta pergunta em suspenso — visto ser mais uma incitação à reflexão do que uma pergunta — e regressar ao início. Pessoa é, para mais, uma multiplicidade de "Pessoas" que é constantemente multiplicada.

Creio que Fernando Pessoa foi e não foi um, nenhum e cem mil. Creio que historicamente foi um, o homem que nasceu em 1888 e morreu em 1935, ainda que nesse lapso de tempo tenha vivido muitas vidas; penso que, literariamente, foi um e nenhum, porque optou por atenuar a sua identidade autoral, de modo a assumir a das suas personagens;[11] e julgo que postumamente é já cem mil e talvez milhões ou centenas de milhões, se tivermos em conta, sobretudo, a dimensão maciça da sua presença na internet. Quem é Pessoa? Esta é uma questão que desde há anos se vêm formulando os leitores pessoanos (e este adjetivo, "pessoano", parece-me hoje próprio da literatura fantástica). E cada leitor tem dado, pelo menos, uma resposta a esta questão basilar. Que o diga José Paulo Cavalcanti Filho, que desejou escrever a sua *Quase autobiografia* com a voz de todos os demais leitores, incluindo a de Pessoa, num grande mosaico afim a outros que lhe são anteriores:

Que retrato de si mesmo pintaria Fernando Pessoa se, em vez de poeta, tivesse sido pintor? Certamente não um retrato, apenas. Muitos. Por isso tantas vezes, e de tantas maneiras, se tentou definir esse que "procurou ser espectador da vida, sem se misturar nela": como um *anjo marinheiro*, um *desconhecido de si próprio*, um estranho estrangeiro, um *estrangeiro lúcido de si mesmo*, um *homem que nunca existiu*, um *sincero mentiroso*, um *insincero verídico*, *esfinge propondo o enigma*, *narciso negro*, *labirinto*, *sistema solar infinito*, *galáxia*, *poeta da depressão*, *poeta da mansarda*, *poeta da hora absurda*. *Homem do Inferno*, como na curiosíssima definição

---

11   Num texto sobre Fernando Pessoa e Antonio Machado, Jorge Wiesse lembra que Paul Ricoeur, em *O si-mesmo como um outro*, ao falar da identidade, assinala que em latim se expressava este conceito por meio das palavras *idem* e *ipse*: "Para Ricoeur a identidade *idem* pressupõe uma espécie de permanência do sujeito no tempo; inversamente, a identidade *ipse* não implica nenhuma asserção concernindo um pretenso elo no cambiante da personalidade. A identidade *idem* corresponde ao conceito de *mesmidade*; a identidade *ipse*, ao conceito de *ipseidade*. [...] Um autor *ipse* é, portanto, um autor que renunciou à sua identidade autoral (ou a relativizou, a atenuou) para assumir as suas personagens, que, como as fantasias shakesperianas de Pessoa e de Machado, são as vozes do seu próprio monólogo" (Wiesse, 2010, pp. 291-292; trad. nossa). Veja-se outro ensaio sobre Pessoa e Machado, em *Alias Pessoa* (Pizarro, 2013).

FIG. 2. JOGO DE MATRAQUILHOS CRIADO POR JOÃO JOSÉ BRITO.
FOTOGRAFIAS DE SUSANA FIGUEIREDO

de Eduardo Lourenço, *se acreditarmos em Dante*. Em todos os casos reconhecendo que a dimensão da obra excede este "barco abandonado, infiel ao destino", que é sua vida. António Mega Ferreira constata: *Como poeta, ele está acima do humano; como homem, ele vive abaixo do normal*. Em conversa, me confessou

Cleonice Berardinelli ter a sensação de que *quanto mais se chega perto de Pessoa, mais ele escapa* (Cavalcanti Filho, 2011, p. 85).[12]

Escapa-se-nos a todos. É mais nosso, porque continuamos a construí-lo.[13] É menos nosso, porque cada vez é de mais pessoas.

Post scriptum: Pessoa imaginou a invenção do "futebol para mesa" e do "críquete com tabuleiro" (Pittella e Pizarro, 2017, pp. 193-197) e na Casa Fernando Pessoa, em Lisboa, existe hoje um jogo plural de matraquilhos (fig. 2):[14] onze Pessoas desafiam João Gaspar Simões, à baliza, Adolfo Casais Monteiro e Eduardo Lourenço, à defesa, Arnaldo Saraiva, Mário Sacramento, José Blanco, Jorge de Sena e Fernando Guimarães, na equipa central, e Jacinto do Prado Coelho, José Augusto Seabra e David Mourão Ferreira, como avançados.

---

12   Cada segmento em tipo itálico remete para palavras alheias; as primeiras (*"Que retrato de si mesmo pintaria…"*, são de José Saramago: <http://caderno.josesaramago.org/36890.html>.

13   Cf. "Este *Livro do desassossego* é um texto que Fernando Pessoa nunca teve, material, fisicamente, diante dos olhos. Assim e só por isso *sendo dele é ainda mais nosso* do que normalmente são os seus outros textos […] de uma caoticidade textual empírica, embora condicionada pela intenção expressa de Pessoa (quando existe), os editores fizeram *um livro*. Que mais não fosse, por isso, suscitaram um *desassossego* semântico e hermenêutico que nunca mais o largará" (Lourenço, 1986, p. 84).

14   No Brasil, o jogo de matraquilhos é conhecido como pebolim ou totó [N. E.]

2. UNIDADE

O texto que se segue resulta de um diálogo com o livro de Umberto Eco *Interpretação e superinterpretação* (1993), livro que nasceu de uma série de conferências de Eco no âmbito das "Tanner Lectures on Human Values", em 1990.[1] *Interpretação e superinterpretação* é uma espécie de crítica da crítica literária moderna, em defesa dos limites da interpretação, tal como *A Critique of Modern Textual Criticism* (1992 [1983]), de Jerome J. McGann, é uma crítica da crítica textual moderna. A diferença, que é grande, é que Eco defende uma crítica literária moderna — a sua — contra uma pós-moderna — a de Derrida *et al.* —, enquanto McGann ataca uma crítica textual moderna — a de Bowers *et al.* —, que ainda considera tradicional, em favor de uma nova crítica, esta sim autenticamente moderna, que se adapte inteiramente a uma mudança de paradigma. Qual é este paradigma? O da presença. A filologia clássica costuma ser uma conjetura sobre um texto original (*Urtext*) ausente, de um autor longínquo e, por vezes, não plenamente determinado, por

---

1   Cf. Lecture Library: <http://tannerlectures.utah.edu>.

ser anónimo ou coletivo; a filologia moderna costuma ser uma proposta de estabelecimento textual de um documento autógrafo existente, de um autor próximo e bem determinado. Em ambas as definições mantive as formas singulares — texto, autor, etc. — apenas por convenção e comodidade, mas, como espero demonstrar neste artigo, essas formas são falsos singulares e revelam o que eu denominaria (lembrando Harold Bloom e o conceito da "ansiedade da influência", 1973) a ansiedade da unidade. Fazer uma crítica deste tipo de ansiedade — que tornou possível a Bíblia e o Deus cristão — é também defender, como fez McGann, um entendimento social e histórico da existência das obras literárias, tendo bem presente a finalidade última do projeto: "A sua derradeira esperança, e expectativa, é que a crise das duas disciplinas [estudos literários e crítica textual] — em hermenêutica, por um lado, e método editorial, por outro — não deixará de ocasionar o seu encontro necessário" (McGann, 1992, p. 11, trad. nossa).

*

Se um leitor ingénuo folhear alguma teoria literária — apenas alguma, nomeadamente a mais tradicional — e se esse leitor visitar algumas páginas de teoria textual — não toda e designadamente a de tipo mais canónico —, talvez fique surpreendido com a insistência de determinados críticos literários e textuais numa série de entidades unitárias, ou concebidas como unitárias, designadamente o Autor, a Obra, o Texto ou o Original, embora o autor tenha sido declarado morto — em nome do Leitor — por Roland Barthes (1968); embora a definição do que é uma Obra — definida por aquilo que inclui e exclui — seja problemática, como frisou Michel Foucault (1969); embora o Texto não deva ser considerado como uma entidade abstrata, mas material e histórica, segundo paleógrafos e bibliógrafos (McKenzie, 1986; Petrucci, 2002); e embora o Original tenha deixado de ser uma ausência para se transformar numa presença.[2] Ora, se esse mesmo leitor, para humanizar ainda mais o Autor, a Obra, o Texto ou o Original — e a linguagem humana é antropomorfista —,[3] decidir dotar de uma intenção essas instâncias, e optar por descrever alguns tipos de intenções — a "*intentio operis*", por exemplo, como faz Umberto Eco (1990a) —, e ainda outras possíveis — como a "*intentio auctoris*" —, então terá de admitir que quer o Produto, quer o Produtor podem ser individualizados e imaginados como Entes ou Dispositivos (no sentido em que um Texto deveria produzir um Leitor ou um Espectador modelares). Ora, também existe a possibilidade de que esse leitor — sem maiúscula — abandone a abstração e o simbolismo que levam a capitalizar determinadas entidades — a Noite como epítome de todas as noites, a Mulher como resumo de todas as mulheres — e reconheça, sem angústia, que um autor não é necessariamente o único responsável pela produção de um texto, escrito ou oral; que uma obra pode ser múltipla (Hemingway escreveu 47 finais para *Adeus às armas*); que um texto — ainda para mais se for oral — pode ter múltiplas variantes; e que um original é apenas um dos muitos testemunhos materiais de um processo criativo. Esse leitor talvez fique, então, ainda mais consciente da sua própria multiplicidade e da pluralidade do mundo, e se liberte da ansiedade da unidade, uma ansiedade ligeiramente autoritária que nos leva a defender um mundo mais uno e coeso do que aquele que existe, quer na

---

2 Não conhecemos o original de *El Quijote*, por exemplo, mas conhecemos os originais de Victor Hugo, Franz Kafka, Fernando Pessoa, Samuel Beckett e tantos outros autores dos últimos séculos.
3 Veja-se o célebre ensaio de Nietzsche "Über Wahrheit und Lüge im außermoralischen Sinne" [Sobre verdade e mentira no sentido extra-moral] (1873).

sua origem, quer na sua produção, quer na sua receção, quer na sua circulação, quer na sua transformação.

A meu ver — e é isso que pretendo defender nestas páginas — tanto a crítica literária, como a crítica textual beneficiam sempre que procuram ajustar as suas teorias e práticas — elas mesmas plurais — à multiplicidade dos seus objetos, esconjurando a ansiedade da unidade, abandonando o paradigma do uno a favor do paradigma do múltiplo. Durante muito tempo, ambas as críticas estiveram empenhadas em reivindicar o Autor, em certificar a sua existência e em tratar a obra/o texto/o original como um prolongamento ideal dessa primeira idealização. Mas o que acontece se nos encontramos, na própria origem, com a multiplicidade? Se o Autor, por exemplo, se multiplica nos seus editores e cada editor constrói o seu autor? Se um texto, como Leyla Perrone-Moisés afirmou do *Livro do desassossego*, de Fernando Pessoa, "nunca existiu, e não existirá jamais" (2001, p. 293)? Se o arquivo digital desse *Livro*, como sugere Manuel Portela citando precisamente Pessoa, revela que "Nenhum problema tem solução"?[4] Se um poema, como Manuel Gusmão (1986) escreveu do *Fausto* pessoano, é "impossível"?

*

A um dado momento da primeira conferência das Tanner Lectures, Eco exclama:

> Poderia dizer-se que um texto, uma vez separado do seu emissor (bem como das intenções do seu emissor) e das circunstâncias concretas da sua enunciação (e consequentemente do referente

---

4 Cf. <https://projetoldod.wordpress.com>.

a que se destinava) flutua (por assim dizer) no vácuo de uma variedade potencialmente infinita de possíveis interpretações" (Eco, 1990b, p. 160, trad. nossa).

Eco tende a considerar como problema a falta de limites na interpretação — como quem, após a morte de Deus, fica preocupado com a falta da sua Palavra, ou melhor, com a dos seus Intérpretes — e reivindica, contra a morte do Autor por parte da linguística — destruição celebrada por Barthes —, não o nascimento do Leitor, mas o surgimento do Texto. A leitura em aberto passa então a ser uma atividade gerada e, até certo ponto, legitimada por uma obra, isto é, por uma entidade textual.[5]

Mas como foi gerado, por sua vez, esse texto? Eco não se detém neste ponto. E que acontece se as intenções de quem o enuncia não são unívocas e se as circunstâncias concretas em que o texto é enunciado mudaram com o tempo e são diversas? Eco também não examina detidamente estas possibilidades. E porque considera tão perigoso que exista uma gama potencialmente infinita de interpretações possíveis? Eco limita-se a reiterar que a interpretação tem critérios.

No meu caso, quando coloco estas questões estou a pensar menos como intérprete e mais como editor de um texto, e este pode ser um desvio produtivo, tanto para aproximar a crítica textual da literária, como para indicar alguns pontos cegos da argumentação de Eco. Finalmente, uma obra pode ser, em parte, uma construção alheia e, se admitirmos que uma obra define determinados limites — enquanto suma de palavras e construção verbal —, então devemos admitir que a existência de

---

5   Cf. A leitura aberta que eu defendia era uma atividade provocada por uma obra (e visando à sua interpretação)" (Eco, 1993, p. 27)

muitas versões dessa obra pode ter claras repercussões sobre a sua interpretação.

O *Livro do desassossego*, por exemplo, foi publicado quase cinquenta anos depois da morte de Pessoa, e não há duas edições que ofereçam o mesmo número de fragmentos, nem a mesma organização; nem sequer a mesma leitura de determinadas passagens. O *Livro*, que teve três autores (um real, Pessoa; e dois fictícios, Guedes e Soares), já teve mais de seis editores (Galhoz, Cunha, Quadros, Zenith, Pizarro, Lopes, *et al.*), e, por isso, quando nos referimos ao *Livro*, há uma pergunta que se impõe: a que *Livro* aludimos? Finalmente, a recolha e o confronto de todos os textos manuscritos, datilografados e impressos (porque Pessoa publicou uns poucos trechos em vida) não bastam para resolver todos os problemas suscitados por este *work in progress*, e hoje temos menos um livro do que diversas incarnações editoriais. Daí que nem o singular da palavra *Livro* nos conceda a tranquilidade expetável.

Por um texto datável de 1929, que Pessoa tencionava utilizar para o prefácio das suas edições, descobrimos, por exemplo, que foi nessa altura, e não antes, que decidiu excluir alguns poemas do volume.

Nota para as edições proprias.
(e aproveitavel para o "Prefacio")

Reunir, mais tarde, em um livro separado, os poemas varios que havia errada tenção de incluir no *Livro do Desassossego*; este livro deve ter um titulo mais ou menos equivalente a dizer que contém lixo ou intervallo, ou qualquer palavra de egual afastamento.

(Pessoa, 2010, tomo 1, p. 452; 2013a, p. 527)

Como tenho vindo a sublinhar (Pizarro, 2013), o *Livro do desassossego* teve pelo menos duas fases. Uma primeira fase (1913--1920), tardo-decadentista e de paisagens vagas; e um segundo momento (1929-1934), tardo-modernista e de paisagens concretas. A estética de quem o enuncia alterou-se no percurso, tal como o nome do autor fictício associado à obra: Guedes ao *Livro* mais decadente; Soares ao *Livro* mais modernista. Os "poemas varios" fizeram, pois, sentido até 1929, mas não posteriormente. Neste caso, temos acesso a uma decisão explícita e registada por escrito, mas noutros casos não.

A edição, tanto ou mais que a interpretação, tem "critérios", como diz Eco. Mas isso não implica que sejam sempre os mesmos, nem que exista uma única forma de editar. No caso do *Livro do desassossego*, não existe uma edição "definitiva", entre outros motivos, para além dos humanos e dos comerciais, porque na sua origem estão a incerteza e a multiplicidade. A primeira folha do espólio pessoano — mesmo a primeira, com a cota 1-1 — é a seguinte:

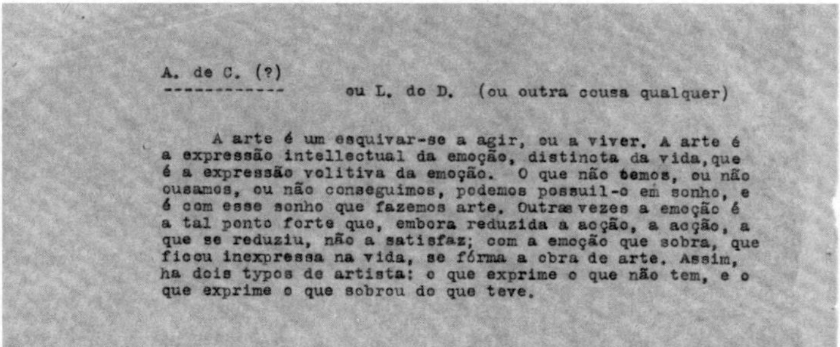

A. de C. (?)
------------   ou L. do D. (ou outra cousa qualquer)

A arte é um esquivar-se a agir, ou a viver. A arte é a expressão intellectual da emoção, distincta da vida, que é a expressão volitiva da emoção. O que não temos, ou não ousamos, ou não conseguimos, podemos possuil-o em sonho, e é com esse sonho que fazemos arte. Outras vezes a emoção é a tal ponto forte que, embora reduzida a acção, a acção, a que se reduziu, não a satisfaz; com a emoção que sobra, que ficou inexpressa na vida, se fórma a obra de arte. Assim, ha dois typos de artista: o que exprime o que não tem, e o que exprime o que sobrou do que teve.

FIG. 3. "A ARTE É UM ESQUIVAR-SE A AGIR" (BNP/E3, 1-1ʳ; DETALHE)

Este apontamento, como se lê, poderia ser atribuído a Álvaro de Campos ("A. de C."), poderia ser inserido no *Livro do desassossego* ("L. do D."), ou poderia ser "outra cousa qualquer". A folha 3-48ʳ do inventário, que tem apenas duas frases, também não oferece uma solução "definitiva": "O peso de sentir! O peso de ter que/de sentir!":

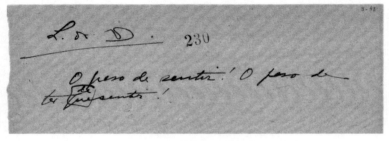

FIG. 4. "O PESO DE SENTIR!" (BNP/E3, 3-48ʀ; DETALHE)

Nestes dois casos, e em muitos outros afins, é interessante constatar, primeiro, que o texto pode ser visto como um universo de infinitas possibilidades (ou um "jardim de veredas que se bifurcam"); e, segundo, que muitos editores têm rasurado as marcas de hesitação ou variação existentes, com uma certa ansiedade da unidade. Assim, no caso de 1-1ʳ, alguns eliminarão o cabeçalho e incluirão o trecho "A arte de esquivar-se a agir" como mais um fragmento do *Livro*; ou optarão, no caso de 3-48ʳ, por "que" ou por "de", sem anotar ou justificar a sua decisão. Naturalmente, uma regra fundamental da edição é não emendar em silêncio, mas esse tipo de emenda é quase sempre feito com o objetivo de apresentar um texto mais limpo, coeso e terminado. Mais uno.

Quem enuncia o texto? Quais são as circunstâncias de enunciação? É preciso contemplar cada edição de forma discreta, separada, porque o editor também pode ser um "referente intencional". E um referente que declara, se é um bom editor, os critérios que o guiaram, ao contrário de um autor, que quase nunca revela como construiu uma obra, e não se espera que o faça.

*

Voltemos a Eco. No final da segunda conferência, o autor italiano afirma: "O que o texto diz em virtude da sua coerência textual e de um sistema de significação original subjacente [...]. A iniciativa do leitor consiste basicamente em fazer uma conjetura acerca da intenção do texto" (1990b, p. 180, trad. nossa). Daí que Eco defenda a existência de um "leitor-modelo postulado pelo texto" (*ibidem*) e que chegue a falar, na terceira conferência, e talvez de forma algo precipitada, de uma intenção transparente do texto: "Entre a intenção intangível do autor e a intenção discutível do leitor, existe a intenção transparente do texto, que refuta uma interpretação insustentável" (1990b, p. 193, trad. nossa). Novamente, interessa-me aqui discutir, não direta, mas indiretamente, as afirmações de Eco.

Primeiro, quando se conservam vários testemunhos textuais, a "intenção do autor" nem sempre é discernível, mas, quando há testemunhos únicos, pode sê-lo amplamente. Como saber, entre variantes alternativas, como "que" e "de", qual teria escolhido Pessoa? Não é possível sabê-lo, como também não chegaremos a saber como teria classificado finalmente o trecho "A arte de esquivar-se a agir" (mas sabemos, e isso é importante, que a folha que contém esse trecho ficou guardada entre papéis destinados ao *Livro*). Segundo, um dos primeiros leitores de um texto pode ser o seu editor, cuja "intenção", por "discutível" que seja, não pode ser esquecida. Terceiro, um texto é sempre, em maior ou menor medida, um rascunho, e a sua intenção não é "transparente", porque está a ser construído (isto é mais evidente quando se trabalha com manuscritos do que com impressos, por exemplo, mas a observação é válida para todo o tipo de documentos). Quarto, supondo que admitimos que existe um "leitor-modelo postulado pelo texto", teríamos, então, de ponderar, se há também um editor-modelo postulado pelo texto. Nos casos em que existem segmentos rasurados, talvez sim (mas como saber se a decisão de riscar era irreversível?); nos casos em que há variantes alternativas, não, ou não é tão claro. Quinto e último, se a tarefa do leitor é fazer uma conjetura sobre a intenção do texto, qual será a tarefa do editor? Propor uma configuração textual? Provavelmente, sim. Mas com uma ressalva: o editor não só tem de procurar o sentido de um texto, mas também deve atender aos elementos não textuais de um documento (instrumentos de escrita, tipo de papel, eventual marca-d'água, etc.). Quando não há uma narrativa, como é o caso do *Livro do desassossego*, a organização, por exemplo, depende tanto do sentido dos textos, como da materialidade dos suportes. Eu não sei se há uma *intentio editoris*, nem se esta é dedutível do texto, nem se o texto recusa uma edição "insustentável". Até gostaria de responder afirmativamente, com um certo otimismo. Até gostaria de imaginar que sou gerado pelos materiais autógrafos. Mas quando o editor deve, ou considera que deve, tomar decisões que o autor não tomou, o certo é que o texto editado se torna indissociável dessas decisões.

*

Gosto também de imaginar que Eco tem razão quando afirma, encerrando a última conferência, o seguinte: "O texto enquanto texto ainda representa uma confortável presença, o ponto ao qual nos podemos agarrar" (1990b, p. 202, trad. nossa). Mas não sei se alguns textos me têm trazido sossego (embora nos arquivos costume sentir paz, como quando estou numa fonte mais alta) ou me têm inoculado desassossego. Lembro-me de textos que me desassossegaram durante semanas, meses ou anos porque não conseguia ler (decifrar) uma palavra, porque o seu sentido me escapava ou porque havia algumas perguntas, dessas que um historiador faz às suas fontes, a que eu não podia responder. Além disso, há textos que claramente não foram escritos para nos sentirmos cómodos. E é pouco provável que um texto, quando é mesmo bom, seja "cómodo", na medida em que procura que não lhe fiquemos indiferentes. Claro, antes e depois das especulações, temos os textos (e, mais ainda, os "originais") e, neste sentido, podemos sempre recuar, e podemos firmar-nos neles, como quem pede para reler um texto antes de arriscar uma interpretação. Portanto, posso compreender Eco, quando escreve que "As palavras trazidas pelo autor são um embaraçoso conjunto de evidências materiais que o leitor não pode ignorar em silêncio" (1990b, p. 144). Finalmente, são o que existe; são o ponto de partida. Mas será também necessário contemplar uma série de elementos não textuais, nesse caso.

Por exemplo, há textos que foram incluídos no *Livro do desassossego* antes da sua edição crítica (Pessoa, 2010), que eram anteriores a 1913, o que tornava quase impossível a sua inclusão; a datação crítica, com base nos suportes materiais, ajudou-nos a confirmar que eram elementos estranhos. Apresento apenas um de muitos exemplos:

138A-16 | *O meu ideal* [↑ *está claro*] *é* [↑ *muito*] *maior do que* eu.

(*Livro do desassossego* 2008, p. 232)

Manuscrito num envelope dirigido a *Mr. F.A.N. Pessôa | Rua da Bella Vista à Lapa 17, 10 | Lisbon, Portugal*. Datável de *circa* 1908; é bastante anterior aos primeiros trechos do *Livro*.

(Pessoa, 2010, tomo 2, p. 549)

Este texto jamais poderia pertencer ao *Livro*, visto que, como projeto, o *Livro* ainda nem existia.

Há um caso recente que me parece ainda mais exemplar. Na edição crítica dos *Poemas de Alberto Caeiro* (Pessoa, 2015a), Ivo Castro demonstra que dois poemas caeirianos, do ciclo *O pastor amoroso*, são apenas um poema, baseando-se em indícios materiais. Esta é a descrição da folha em que figura o poema:

> Ao alto da folha, dois fragmentos datilografados a azul, imediatamente anteriores ao início do poema, mas dele claramente distintos. Com efeito, ambos se acham cancelados por traços ondulados a lápis, como vimos Pessoa fazer na folha 67-56^r, dos poemas anteriores; inclino-me, por isso, a considerar que estes cancelamentos são autorais, ao contrário do que supõem Martins-Zenith, [p.] 214. [...]
>
> Todos [os editores] têm considerado estar perante duas composições autónomas, uma azul e uma vermelha; salvo erro, esta será a primeira edição a propor que as duas partes, escritas em momentos separados mas consecutivos, formam um único poema. A Ática (seguida pela Aguilar) publicou apenas a parte datilografada a vermelho como poema autónomo, a partir do v. 10, "Todos os dias agora acordo com alegria e pena". [...]
>
> Cunha, [pp.] 107-108, publica as duas estrofes como poemas autónomos, mas em ordem inversa, atribuindo o número v à segunda e o vi à primeira. Além disso, associa a uma e a outra alguns dos fragmentos das margens. Martins-Zenith, [pp.] 93-94, também publicam as duas estrofes como poemas autónomos, mas pela ordem natural. Já se percebeu que, ao falar de duas estrofes, vejo o texto desta peça, descontados todos os seus fragmentos, como um poema único. Direi porquê. A análise material da página revela que a escrita se distribuiu basicamente por três

fases intervaladas: na primeira, a primeira estrofe, precedida de dois fragmentos, foi datilografada a azul (a máquina que Pessoa usou neste caso estava equipada com uma fita bicolor, de duas faixas azul e vermelha). Na segunda fase, após uma pausa de duração desconhecida, que serviu para reler o texto escrito, foi datilografada a vermelho uma instrução de valor retrospetivo, isto é, referida ao texto já escrito: "(examine very carefully)". A esta instrução seguiu-se imediatamente a segunda estrofe, também usando a faixa vermelha da mesma fita bicolor. Nos traços ascendentes de algumas letras, vê-se o azul da faixa superior. Por essa altura, a página encontrava-se limpa de emendas manuscritas: apenas texto a azul na metade superior e texto a vermelho na metade inferior, tudo datilografado. A pausa entre os dois momentos não pode ter sido muito longa, pois a folha não foi retirada da máquina; se o tivesse sido, ao ser reintroduzida para receber a secção a tinta vermelha, ter-se-ia perdido o alinhamento vertical das margens e das letras das secções datilografadas nas duas cores. A presença desse alinhamento significa que a folha permaneceu na máquina enquanto o poeta relia a estrofe azul, a achava precisada de cuidadosa revisão, registava imediatamente essa opinião num vermelho cominatório e na mesma cor procedia à escrita da segunda estrofe, com isso indicando que esta estava dispensada de revisão, pois era o remate desejado, a que a primeira estrofe ainda deveria ser adaptada. Só então a folha foi retirada da máquina, ainda limpa de emendas manuscritas.

(Pessoa, 2015a, pp. 257-260)

Esta longa citação é apenas parte de uma longa e minuciosa descrição material (cf. fig. 5, na página seguinte). O mais importante é sublinhar em que medida as observações materiais e o estabelecimento da génese da escrita podem ser elementos determinantes

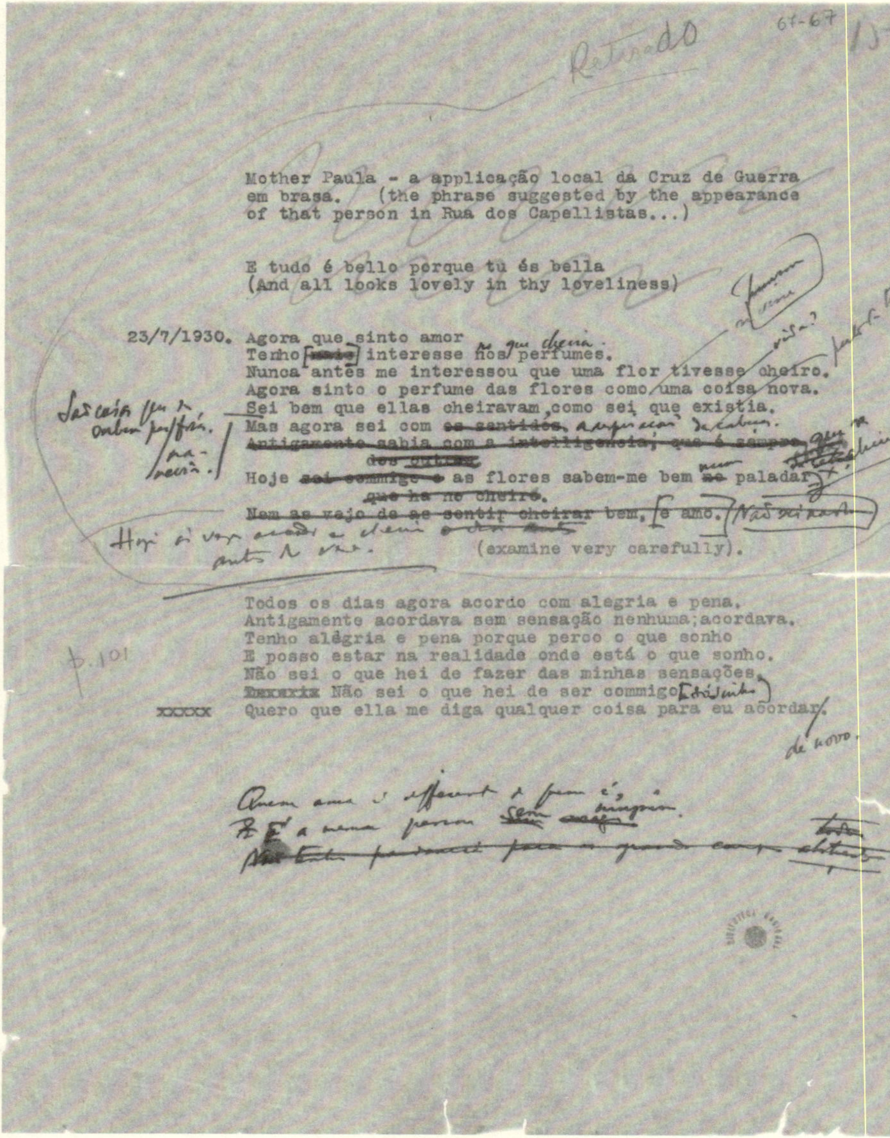

Mother Paula - a applicação local da Cruz de Guerra
em brasa. (the phrase suggested by the appearance
of that person in Rua dos Capellistas...)

E tudo é bello porque tu és bella
(And all looks lovely in thy loveliness)

23/7/1930. Agora que sinto amor
Tenho [~~mais~~] interesse nos perfumes.
Nunca antes me interessou que uma flor tivesse cheiro.
Agora sinto o perfume das flores como uma coisa nova.
Sei bem que ellas cheiravam como sei que existia.
Mas agora sei com ~~os sentidos~~
~~Antigamente sabia com a intelligencia, que é sempre~~
~~dos outros~~
Hoje ~~sei commigo e~~ as flores sabem-me bem ~~ao paladar~~

Nem ~~se vejo de as sentir cheirar bem, [o amo.]~~

(examine very carefully).

Todos os dias agora acordo com alegria e pena,
Antigamente acordava sem sensação nenhuma; acordava,
Tenho alegria e pena porque perco o que sonho
E posso estar na realidade onde está o que sonho.
Não sei o que hei de fazer das minhas sensações,
~~Enxxrxx~~ Não sei o que hei de ser commigo
xxxxx   Quero que ella me diga qualquer coisa para eu acordar.

FIG. 5. "AGORA QUE SINTO AMOR" (BNP/E3, 67-67ᵃ)

para a fixação de um texto, e como os elementos a ter em conta ultrapassam, de longe, a dimensão textual de um escrito. Apenas depois da edição de Castro, este poema bicéfalo foi unificado, e o breve ciclo de *O pastor amoroso*, construído postumamente em 1960, passou a ter uma forma de conjunto mais fiável. Não só as palavras, mas também a materialidade delas e dos suportes, podem ser "um feixe embaraçoso de dados materiais". De facto, se considerarmos as palavras como "dados materiais", devemos no mínimo recuperar o seu contexto, não esquecendo a sua própria materialidade. Até porque toda a inscrição torna mais transparente a elaboração de um escrito e o processo editorial do seu estabelecimento (*constitutio textus*).

"Agora que sinto amor" foi publicado como um poema único em 2015. Isto significa que, durante quase setenta anos, foi editado de diversas formas e que, quando lermos o que foi escrito sobre esse poema antes de 2015, não poderemos ignorar uma questão básica: qual foi a edição de referência? É que cada edição apresentou um poema ou poemas diferentes.

No âmbito dos estudos literários, tornou-se clássico o texto de William Wimsatt e Monroe Beardsley em que os críticos americanos defendem que a intenção de um autor não está disponível nem é desejável: "Defendemos que o desígnio ou intenção do autor não está nem disponível, nem é desejável como padrão de referência para avaliação do significado ou do valor de uma obra de arte literária" (1946, p. 468, trad. nossa). Apesar dos trabalhos do *new criticism*, em que a intenção do autor foi declarada uma falácia afetiva ou interpretativa, o conceito da intenção final foi decisivo nos estudos textuais anglo-americanos. Fredson Bowers declarou:

> Uma edição crítica que procura e recupera integralmente as intenções do autor, qualquer que seja a sua proveniência, e as associa

congruentemente numa síntese [emendando ou criando asso-
ciações], é claramente a única edição correcta que está suficien-
temente completa e rigorosa para cumprir as necessidades da
crítica (1970, pp. 30-31).

G. Thomas Tanselle sugeriu que o objetivo último, e por vezes
silencioso, de um editor crítico era aproximar-se da última von-
tade do autor (1976). Steven Mailloux propôs o conceito de in-
tenção inferida: "As intenções inferidas caracterizam a descrição
da crítica das respostas baseadas em convenções que o autor,
ao escrever, sabe que vai ativar como resultado (pelo menos
parcialmente) da projeção que faz do reconhecimento da sua
intenção 'por parte do leitor'" (1982, p. 99, trad. nossa). Peter
Shillingsburg distinguiu uma "intenção de fazer", que se poderia
recuperar ("Uma intenção de fixar [...] uma sequência específica
de palavras e pontuação de acordo com uma gramática aceitável e
viável"), de uma "intenção de significar", que só se poderia rea-
ver de forma não conclusiva, isto é, não completa ou terminada
através da interpretação crítica (1996, p. 33). David Greetham
dividiu o campo das intenções finais em três territórios: teo-
rias baseadas no autor (*"writer-based theories"*; Bowers *et al.*);
teorias baseadas no texto (*"text-based theories"*; Wimsatt/Beards-
ley); e teorias baseadas no leitor (*"reader-based theories"*; Derrida
et al., 1998, p. 265). Naturalmente, esta divisão lembra a de Um-
berto Eco: *intentio auctoris*, *intentio operis* e *intentio lectoris*. Por
último, como já referimos, Jerome J. McGann defendeu, desde
os inícios da década de 1980, a rutura definitiva com o conceito
de intenção autoral:

> Estas posições rivais partilham a opinião de que a autoridade das
> intenções finais deve estar na origem da escolha do texto-base.

A minha proposta aqui é que tais decisões não devem depender, em absoluto, de nenhuma noção da intenção do autor. Greg não faz uso dessas noções na sua fundamentação, pelo menos em parte, porque compreendeu profundamente as circunstâncias sociais e históricas sob as quais os textos de Shakespeare foram produzidos. Como a noção de intenção do autor não pode convergir num produto claro e inquestionável tendo em conta a realidade das circunstâncias de produção, essa não pode ser a referência utilizada para determinar decisões editoriais" (1992, p. 55, trad. nossa).

Em última instância, o que é demonstrado por muitos destes debates é que, mesmo tendo sido declarada a "morte" do autor ou tendo-se tornado mais social o conceito de autor, este tende a regressar, até porque parece manifestar-se a cada passo em que um manuscrito tem correções, por exemplo, e por estarmos pouco preparados para admitir incertezas, ambiguidades, inacabamentos e intenções múltiplas. O debate acerca da existência de uma "obra aberta" sempre supôs, paradoxalmente, uma obra fechada (leia-se encadernada, canonizada, etc.) e, mais delicado ainda, uma obra, uma produção una e única. Bowers propugnou sempre um entendimento da edição como uma síntese. Mas como é possível sintetizar o que se ramifica, o que se desdobra, o que fica em aberto, o que está cheio de alternativas, o que passou por inúmeras intervenções? Não estaremos, porventura, a transferir para o nosso trabalho com os rascunhos a nossa mentalidade de impressores e compositores? Não estaremos esquecidos de que os textos têm uma história e que as edições vão transformando os universos letrados? Por algum motivo, *humano demasiado humano*, ansiamos a unidade, embora a multiplicidade seja mais real e torne tudo mais complexo e interessante.

*

Para encerrar, convém referir um tema que mereceria maior desenvolvimento: o da edição eletrónica. Manuel Portela tem vindo a trabalhar num arquivo digital que contenha todas as edições do *Livro do desassossego* (e talvez um dia as suas traduções). Carlos Pittella, com a colaboração do Centro de Estudos de Teatro da Universidade de Lisboa, acaba de publicar uma nova edição do "poema impossível" de Pessoa, o *Fausto*. É não apenas no papel, mas também na edição eletrónica que ambos os investigadores têm centrado as suas explorações. Porquê? A meu ver, porque uma edição eletrónica permite ultrapassar com maior facilidade as limitações do códex e, em geral, dos formatos do livro; facilita as marcações, as remissões, os *layers* e, em geral, as edições de edições (isto é, vários tipos de edição dentro de uma única página); e torna mais simples a apresentação de um texto ou uma obra em toda a sua multiplicidade. É possível que, com o tempo, o papel albergue cada vez mais livros de bolso que respondam, de forma compacta, à nossa ansiedade de unidade; e que os meios eletrónicos ofereçam, como um prolongamento dessas edições, outras mais vastas, dinâmicas e documentadas. Muitos de nós ainda somos filhos de Gutenberg, e preparamos edições sintéticas como queria Bowers, mas sabemos que editamos materiais que não ficaram prontos para serem encaixados nas linhas invisíveis de uma página (que derivam da tipografia em chumbo) e que, para criar um texto linear e corrido, privilegiamos certas palavras em detrimento doutras. Talvez por isso, em certas ocasiões, em vez de tomarmos algumas decisões, preferimos editar um texto de várias maneiras (com e sem símbolos, cartográfica e não cartograficamente), para apresentarmos o mesmo escrito sob várias perspetivas, e de modo a não ocultarmos os processos de uniformização e estandardização. Talvez porque, depois da ânsia da unidade, se torne igualmente forte a ânsia da variedade, sentida como uma espécie de nostalgia. Depois de ler "Agora que sinto amor" numa edição impressa, preciso de voltar ao documento autógrafo[6] e recuperar esse testemunho. Acredito na versão editada e anotada, segundo determinados critérios editoriais, mas sei que alcançou uma unidade pela qual o autor, Pessoa, não foi inteiramente responsável.

---

6   Cf. o fac-símile: <https://purl.pt/1000/1/alberto-caeiro/obras/bn-acpc-e-e3/bn-acpc-e-e3_item251/index.html>.

3. INTERPRETAÇÃO

Recentemente, incluí numa antologia de dezoito poemas (*Todos los sueños del mundo*, 2012) um poema de Pessoa que já antes apresentei numa exposição (*Fernando Pessoa: el Mito y las Máscaras*, 2011), porque sempre o considerei um dos grandes poemas ortónimos, embora não dispusesse ainda dos dados para o compreender plenamente e embora não seja um poema propriamente musical e da mesma índole das composições mais simbolistas do livro *Cancioneiro*, obra que Pessoa tanto projetou e nunca publicou. Falo de "Liberdade", escrito no ano da morte do poeta, 1935, que começa com uma mnemónica remetendo para uma citação inexistente: "(falta uma citação de Séneca)". A maioria das edições, incluindo a edição crítica, omite essa nota, porque, não sendo parte do poema, mas apenas "uma marcação que o poeta substituiria pela efetiva epígrafe" (Prista *apud* Pessoa, 2000b, p. 441), parece carecer de interesse. Eu próprio imaginei outrora um jogo, e sugeri, numa nota, que a ausência dessa citação podia ser interpretada como um gesto de liberdade: "poderia ser um vazio deliberado, uma das 'liberdades' do autor de 'Liberdade'" (Pessoa e Barba-Jacob,

2012, p. 129). E durante algum tempo, atendendo à minha perplexidade, servi-me do poema de 16 de março de 1935 para discutir com os meus alunos essa famosa tríade da crítica literária que Umberto Eco revisitou: a intenção do autor, a intenção do texto e a intenção do leitor (Eco *et al.*, 1992). Qual seria, perguntava, o sentido do poema, quer pensando no autor, quer pensando no texto, quer pensando no leitor? E sempre nos quedámos sem uma boa explicação para essa nota introdutória que todos supúnhamos, como Luís Prista, ser uma "nota para posterior substituição pela verdadeira epígrafe, alguma frase de Séneca que o poeta viesse a lançar ainda" (Prista, 2003, p. 220). Relembro aqui o poema, repondo essa indicação que tantas edições rasuraram:

LIBERDADE

(falta uma citação de Seneca)

Ai que prazer
Não cumprir um dever,
Ter um livro para ler
E não o fazer!
Ler é maçada,
Estudar é nada.
O sol doura
Sem literatura.
O rio corre, bem ou mal,
Sem edição original.
E a brisa, essa,

De tam naturalmente matinal,
Como tem tempo não tem pressa.

Livros são papeis pintados com tinta.
Estudar é uma coisa em que está indistinta
A distinção entre nada e coisa nenhuma.

Quanto é melhor, quando ha bruma,
Esperar por D. Sebastião,
Quer venha ou não!

Grande é a poesia, a bondade e as danças...
Mas o melhor do mundo são crianças,
Flores, musica, o luar, e o sol, que peca
Só quando, em vez de criar, seca.

O mais do que isto
É Jesus Cristo,
Que não sabia nada de finanças
Nem consta que tivesse biblioteca...

(BNP/E3, 118-55^r; fig. 6)[1]

O poema parece convidar ao ócio, menosprezando o estudo, ao mesmo tempo que sugere, num tom que muito lembra a poesia de Alberto Caeiro, que "O sol doura | Sem literatura",[2] motivos pelos quais eu sempre apreciei discutir estes versos com os estudantes de Literatura. Detínhamo-nos nas herméticas referências a D. Sebastião e a Jesus Cristo, e muitas interpretações do poema baseavam-se na redenção e no messianismo.

---

1   No verso da folha figuram duas notas: "Quando essa typa William Shakespeare | Ia a cambalear p'ra casa" e "There is no reason to suppose that I am worse..." (BNP/E3, 118-55^v).
2   "Doura" ou "doira". Nos testemunhos autógrafos figura "doura", embora o datiloscrito citado já contivesse formas menos arcaizantes: "biblioteca", "Cristo", "indistinta", "literatura" e "crianças" *versus* "bibliotheca", "Christo", "indistincta", "litteratura" e "creanças;" e, ainda, "coisa", contra "cousa" (*apud* Prista, 2003, pp. 220-221).

LIBERDADE

(falta uma citação de Seneca)

Ai que prazer
Não cumprir um dever,
Ter um livro para ler
E não o fazer!
Ler é maçada,
Estudar é nada.
O sol doura
Sem literatura.
O rio corre, bem ou mal,
Sem edição original.
E a brisa, essa,
De tam naturalmente matinal,
Como tem tempo não tem pressa.

Livros são papeis pintados com tinta.
Estudar é uma coisa em que está indistinta
A distinção entre nada e coisa nenhuma.

Quanto é melhor, quando ha bruma,
Esperar por D. Sebastião,
Quer venha ou não!

Grande é a poesia, a bondade e as danças...
Mas o melhor do mundo são crianças,
Flores, musica, o luar, e o sol, que peca
Só quando, em vez de criar, seca.

O mais do que isto
É Jesus Cristo,
Que não sabia nada de finanças
Nem consta que tivesse bibliàteca...

FERNANDO PESSOA

16-3-1935.

FIG. 6. TESTEMUNHO DATILOGRAFADO DO POEMA "LIBERDADE"
(PESSOA, 2000B, PP. 194-195; 2015B, PP. 275-276; BNP/E3, 118-55ʳ)

Alguns alunos punham ênfase no mundo da infância e "rendiam-se", tal como Manuela Nogueira, sobrinha de Pessoa, a um verso do poema, "Mas o melhor do mundo são crianças", que parecia a epígrafe perfeita para um livro dedicado à infância. Foi, de resto, Manuela Nogueira que intitulou uma antologia de pretensos poemas e textos de Fernando Pessoa para a infância com a frase: *O melhor do mundo são as crianças* (1998),[3] acrescentando o artigo definido antes de "crianças", artigo que não existe no verso original, tal como Luís Prista assinalou (2003, p. 222). Mas seria o poema uma celebração da infância e essas referências mais cultas ao sebastianismo e ao cristianismo simples alusões que qualquer criança portuguesa poderia entender? Até onde pode ir, aliás, a liberdade de um crítico, quer seja mais conservador, como Eco, ou mais irreverente, como Derrida?

Curiosamente, na esteira de Manuela Nogueira, muitos outros compiladores incluiriam o poema "Liberdade" em seleções de poemas para crianças. O poema figura em, pelo menos, quatro livros que hoje fazem parte da biblioteca da Casa Fernando Pessoa, como José Correia me informou em 2014.[4]

Os meus alunos, confesso, ficavam sempre um tanto perplexos quando eu, a certa altura, explicava que o poema fazia parte de muitos livros para crianças publicados nos países de língua portuguesa, pois nem todos consideravam o poema infantil e

3   Na primeira parte do livro a autora faz uso, "sem nunca a citar", como explica de forma pormenorizada Luís Prista (2003, pp. 221-222), de "uma colectânea brasileira de dez poemas que Fernando Pessoa escreveu pensando nas crianças"; trata-se da antologia organizada por João Alves das Neves, *Comboio, saudades, caracóis*, com desenhos de Cláudia Scatamacchia e publicada em São Paulo por FTD, em 1988. A segunda edição de *O melhor do mundo são as crianças* (1998) intitula-se *O meu tio Fernando Pessoa* (2015) e também contém, na p. 66, o poema "Liberdade".

4   *O melhor do mundo são as crianças: antologia de poemas e textos de Fernando Pessoa para a infância*, de Manuela Nogueira (1998, p. 7); *Fernando Pessoa: o menino da sua mãe*, de Amélia Pinto Pais (2011, pp. 78-79); *Poesia de Fernando Pessoa para todos*, de José António Gomes (2008, p. 21); *O meu primeiro Fernando Pessoa*, de Manuela Júdice (2007).

adivinhavam nele alguma ironia. Qual seria a leitura mais correta de "Liberdade"? Nunca chegávamos a um consenso, nem tínhamos de chegar.

Há alguns meses, revi um documentário (*Poesia de segunda categoria*, 2012) acerca do prémio de segunda categoria que o governo de António de Oliveira Salazar concedeu a *Mensagem* (1934), o único livro publicado em vida por Fernando Pessoa — os *English Poems* são muito pequenos para tecnicamente serem considerados um livro — e, a certa altura do discurso da entrega dos prémios, em que Salazar anuncia a restrição de certas liberdades, ouço, da boca do ator que interpretava Salazar, uma citação de Séneca. Ainda na sala, enviei uma mensagem do meu iPhone para José Barreto: "Qual é a frase de Séneca citada por Salazar na entrega dos prémios literários de 1934?". A resposta teve em mim um efeito de eureca:

> Excerto do texto lido por Salazar na entrega dos prémios em 21 fev. 1935, justificando a censura e a imposição de diretrizes aos escritores e artistas: "…Mas virá algum mal ao mundo de se escrever menos, se se escrever e, sobretudo, se se ler melhor? Hoje, como na crítica de Séneca, em estantes altas até ao tecto, adornam o aposento do preguiçoso todos os arrazoados e crónicas".[5]

Esta frase será, seguramente, a citação que Pessoa desejou incluir no cabeçalho de "Liberdade". Também as datas batem certo: o discurso é de 21 de fevereiro, o poema de 16 de março de 1935. Há um outro dado muito importante que talvez tenha sido esquecido durante muito tempo: Jorge de Sena, que publicou um famoso

---

5   Comunicação pessoal. Anterior à publicação de *Sobre o fascismo, a ditadura militar e Salazar* (Pessoa, 2015b).

tríptico de poemas antissalazaristas em *O Estado de S. Paulo* a 20 de agosto de 1960 — "Antonio de Oliveira Salazar", "Este senhor Salazar" e "Coitadinho" —, esclareceu, em 1974, o seguinte:

> Nos papéis de Fernando Pessoa (não na lendária mala, mas numa outra que a família do poeta generosamente nos facultou examinar e que até então era desconhecida) encontrámos há uns anos esta tripla sequência, juntamente com o poema "Liberdade" (que foi publicado na *Seara Nova*, em 1937), com a sátira "Sim, é o Estado Novo, e o Povo" (Sena, 2000, p. 255).

(Incluo aqui, necessariamente, um relevante parêntese: o meu eureca, experimentado na sala de projeção, durou apenas umas poucas semanas, visto que só reencontrei o que Luís Prista havia já descoberto entre 2000 e 2003, e publicado no artigo que aqui citei e que o próprio me deu em 2005, na Biblioteca Nacional de Portugal. Eu havia lido o artigo, mas esquecera-o parcialmente: recordava-me bem do texto pelas suas críticas ao livro de Manuela Nogueira — que conheci, precisamente, em 2005 —, e não pela descoberta da frase de Séneca. Fascinou-me esse texto minucioso, por criticar em tantas páginas a ausência do artigo "as" antes de "crianças", e a minha memória não reteve essa outra questão tão preciosa: a descoberta da epígrafe em falta. Enfim. Avancemos...)

O poema "Liberdade", que teve uma circulação clandestina em 1935 e que foi bem compreendido pelos diretores da revista *Seara Nova*, que só em 1937 conseguiram que o poema fosse aceite pela Censura, passou a ser lido como um poema menos irónico, mais ligeiro e até pedagógico após a publicação, por Manuela Nogueira, do livro *O melhor do mundo são as crianças* (1998), que viria a induzir em erros subsequentes. Descontextualizado, desmaterializado, despossuído da epígrafe e inserido em livros de tiragem comercial, "Liberdade" deixou de ser um hino à liberdade, uma bandeira anterior à Revolução dos Cravos, e transformou-se num poema que demonstrava quão bom era Pessoa com as crianças e quanto gostava delas. Não desejo aqui afirmar o contrário, mas parece-me que este caso exemplifica bem até que ponto o sentido de um texto, e nomeadamente de textos políticos, dificilmente pode ser inferido sem atender à história e ao contexto da publicação e da circulação do escrito, já não falando da importância filológica do local de pouso, da localização de uma folha num arquivo e das características materiais de todo o escrito.

Para esclarecer estes pontos, o artigo de Luís Prista, "O melhor do mundo não são as crianças", já tantas vezes citado — voltei a lê-lo enquanto escrevia este texto —, parece-me decisivo. Primeiro, Prista resgata um testemunho de Pedro da Silveira, que é importante porque prova que o poema "Liberdade" foi escrito para ser publicado e que foi rejeitado pela Censura em 1935, antes de ter sido publicado em 1937. Este é o testemunho, saído em julho de 1974, depois da revolução de 25 de abril:

> Hoje, é finalmente possível revelar-se a esse respeito o que antes de 25 de Abril era de todo impossível. || Pelo menos desde 1932, um dos jovens amigos de café de F. Pessoa era Manuel Mendes. Foi a ele que o poeta entregou o poema "Liberdade", acabado de passar à máquina, para que, se assim o entendesse, e na *Seara* o quisessem, lá saísse. Quiseram; mas o lápis do censor, ante a última estância (*O mais do que isto | É Jesus Cristo, | Que não sabia nada de finanças | Nem consta que tivesse biblioteca…*), embirrou com o terceiro verso dela: "não sabia nada de finanças". Entenderia o tropa que manejava o lápis que era uma alusão a… Salazar. Só dois anos corridos, outro censor

deixou passar. || É esta a história, sem dúvida edificante, de Fernando Pessoa ter sido um "seareiro"... póstumo.

(*apud* Prista, 2003, p. 224)

Pessoa poderia, portanto, ter sido searista, e só não o foi devido ao poder da Censura. Em segundo lugar, Prista estabelece uma cronologia muito esclarecedora do ano de 1935 (2003, p. 231; cf. fig. 7):

19 de janeiro	É apresentado o projecto de lei das Associações Secretas
4 de fevereiro	Fernando Pessoa publica o artigo "Associações secretas"
21 de fevereiro	Salazar discursa na sessão dos prémios do SNP
14 de março	Artigo de Rolão Preto fecha a polémica na imprensa
16 de março	"Liberdade"
segunda década de março	"Salazar é mealheiro"
29 de março	"António de Oliveira Salazar"
29 de março	"Este senhor Salazar"
29 de março	"Coitadinho"
4 de abril	"Mata os piolhos maiores"
5 de abril	Discussão e aprovação do projecto de lei
depois de 5 de abril	"Solemnemente"
[1935]	"*Á Emissora Nacional*"
29 de julho	"Sim, é o Estado Novo, e o povo"
18 de agosto	"Dizem que o Jardim Zoológico"
[segundo semestre]	"Eu fallei no 'mar salgado'"
8 de novembro	"Meu pobre Portugal"

| 8-9 de novembro | "Poema de amor em estado novo" |
| 30 de novembro | Morre Fernando Pessoa |

Como pode constatar-se, os poemas antissalazaristas de Pessoa — os mais conhecidos — datam de 29 de março de 1935; e "Liberdade" está datado de 16 de março desse ano. Tal bastaria para estar de acordo com uma apreciação de José Barreto:

> Na minha opinião, "Liberdade" não é um poema anti-salazarista da estirpe dos outros que se vão seguir, embora contenha farpas ao ditador e tenha sido suscitado pelo discurso do dito. Ou seja: é muito menos explícito, é um bocadinho hermético em comparação com os poemas satíricos de 1935 sobre Salazar. É que este poema era mesmo para publicar, como também o prova a circunstância de a ortografia do datiloscrito (BNP/E3, 118-55ʳ) ser diferente da habitual. Os outros poemas anti-salazaristas de 1935 nunca poderiam ter sido publicados, como é óbvio".[6]

De facto, "Liberdade" parece abrir o caminho para uma espantosa antologia de poemas mais ou menos políticos que Pessoa, para se proteger, deixou guardados nas suas arcas e apenas partilhou com alguns amigos.

Refira-se, por último, a importância histórica que Pessoa deu ao discurso que Salazar proferiu a 21 de fevereiro de 1935, na distribuição de prémios no Secretariado de Propaganda Nacional, cerimónia a que não assistiu. Num rascunho de carta de 30 de outubro de 1935 para Adolfo Casais Monteiro (fig. 8), Pessoa escreve (e parece próximo do George Orwell de *A revolução dos bichos*) que, desde esse discurso de Salazar, "ficámos sabendo,

6   Comunicação pessoal.

FIG. 7. POEMAS ANTISSALAZARISTAS EM
SEARA NOVA, N. 1545, JULHO DE 1974, P. 19

"SIM, É O ESTADO NOVO..."

Sim, é o Estado Novo, e o povo
Ouviu, leu e assentiu.
Sim, isto é um Estado Novo
Pois é um estado de coisas
Que nunca antes se viu.

Em tudo paira a alegria
E, de tão íntima que é,
Como Deus na Teologia
Ela existe em toda a parte
E em parte alguma se vê.

Há estradas, e a grande Estrada
Que a tradição ao porvir
Liga, branca e orçamentada,
E vai de onde ninguém parte
Para onde ninguém quer ir.

Há portos, e o porto-maca
Onde vem doente o cais.
Sim, mas nunca ali atraca
O Paquete "Portugal"
Pois tem calado de mais.

Há esquadra... Só um tolo o cala,
Que a inteligência, propícia
A achar, sabe que, se fala,
Desde logo encontra a esquadra:
É uma esquadra de polícia.

Visão grande! Ódio à minúscula!
Nem para prová-la tal
Tem alguém que ficar triste:
União Nacional existe
Mas não união nacional.

E o Império? Vasto caminho
Onde os que o poder despeja
Conduzirão com carinho
A civilização cristã,
Que ninguém sabe o que seja.

Com directrizes à arte
Reata-se a tradição,
E juntam-se Apolo e Marte
No Teatro Nacional
Que é onde era a inquisição.

E a fé dos nossos maiores?
Forma-a impoluta o consórcio
Entre os padres e os doutores.
Casados o Erro e a Fraude
Já não pode haver divórcio.

Que a fé seja sempre viva.
Porque a esperança nãoé vã!
A fome corporativa
É derrotismo. Alegria!
Hoje o almoço é amanhã.

Nota: *Este poema, com outros que estão inéditos em Portugal e que tivemos ocasião de, em 1959 ou 1960, publicar no suplemento literário de* O Estado de São Paulo, *no Brasil, está inteiramente inédito. O original que o copiámos encontrava-se entre os papéis de Fernando Pessoa, que nos anos 50, devido à gentileza da família do poeta, compulsámos várias vezes. Todos estes poemas (e publicaremos com a devida vénia os outros), que copiámos, são de 1935, ano da morte de Pessoa, e este está datado de 29 de Julho desse ano, quatro meses antes do seu falecimento. Este poema, como os outros (três em que é atacado Salazar), patenteia claramente (ao contrário do que longamente se tem querido por não ser possível em Portugal, até agora, provar documentalmente o contrário), na sua cortante ironia, e em tom da gazetilha política, que Pessoa pertencia à "Oposição" ao regime que lhe merecia estes versos. Por certo que ele não era, e em muitos dos seus escritos se vê, um modelo de ideais socialistas que não eram os seus. Mas que era anti-autoritário, e adversário do antigo regime, eis do que não pode haver dúvida.*

O poema tem, tanto quanto recordo, um ar inacabado e não revisto no original: a estrofe "Com directrizes, etc." está separada por traços, da anterior e da seguinte, o que talvez signifique a intenção ou a de retirar ou de inserir outras nos intervalos; e a seguinte ("E a fé, etc.") tem entre parêntesis Asneira como alternativa para Fraude. Não é um grande poema, mas é um importante documento. E, quanto ao teor dele, faça-se a reconversão mental para há quase quarenta anos. Estava-se apenas em 1935 com nove anos de ditadura: a grande noite ainda — quem então o previa? — iria durar décadas que Pessoa não viu nem viveu. Mas acabou, e cremos que este poema tinha de ser publicado, para reintegrar-se plenamente um grande português à grandeza de uma pátria renascida.

Santa Bárbara, Cal., 9 de Maio de 1974

JORGE DE SENA

"ANTÓNIO DE OLIVEIRA SALAZAR"

António de Oliveira Salazar.
Três nomes em sequência regular...
António é António.
Oliveira é uma árvore.
Salazar é só apelido.
Até aí está bem.
O que não faz sentido
É o sentido que tudo isto tem.

. . . .

Este senhor Salazar
É feito de sal e azar.
Se um dia chove,
A água dissolve
O sal,
E sob o céu
Fica só azar, é natural.
Oh, c'os diabos!
Parece que já choveu...

. . . .

Coitadinho
Do tiraninho!
Não bebe vinho.
Nem sequer sozinho...

Bebe a verdade
E a liberdade.
E com tal agrado
Que já começam
A escassear no mercado.

Coitadinho
Do tiraninho!
O meu vizinho
Está na Guiné
E o meu padrinho
No Limoeiro
Aqui ao pé.
Mas ninguém sabe porquê.

Mas enfim é
Certo e certeiro
Que isto consola
E nos dá fé.
Que o coitadinho
Do tiraninho
Não bebe vinho,
Nem até
Café.

NOTA: *Nos papéis de Fernando Pessoa (não na lendária mala, mas numa outra que a família do poeta generosamente nos facultou examinar e que era até então desconhecida) encontrámos há uns quinze* todos nós que escrevemos, que estava substituída a regra restritiva da Censura, 'não se póde dizer isto ou aquillo', pela regra sovietica do Poder, 'tem que se dizer aquillo ou isto'". E acrescenta: "Em palavras mais claras, tudo quanto escrevermos, não só não tem que contrariar os principios (cuja natureza ignoro) do Estado Novo (cuja definição desconheço), mas tem que ser subordinado às directrizes traçadas pelos orientadores do citado Estado Novo" (Pessoa, 1998a, p. 282; BNP/E3, 114¹-36ʳ). Ou como afirma numa outra carta incompleta e nunca enviada, dirigida ao general Óscar Carmona, reeleito presidente sem opositor a 17 de fevereiro de 1935,

> Até aqui a Dictadura não tinha tido o impudor de, renegando toda a verdadeira politica do espirito — isto é, o pôr o espirito acima da politica — vir intimar quem pensa a que pense pela cabeça do Estado, que a não tem, ou de vir intimar quem trabalha a que trabalhe ~~com a douta animalidade da Camara Corporativa~~ livremente como lhe mandam" (*apud* Cunha, 1987, p. 126; BNP/E3, 92M-33ʳ).

Para Fernando Pessoa, o discurso de Salazar, a 21 de fevereiro de 1935, marcou uma clivagem histórica. Foi o momento em que a "douta animalidade" dos cerdos começou a impor diretrizes e a alterar os sete mandamentos, para evocar de novo o romance de Orwell…

Tendo presente este contexto, e não esquecendo que Salazar foi nomeado ministro das Finanças, não ecoa, porventura, diferente a leitura dos versos finais do poema?

FIG. 8. RASCUNHO DE CARTA PARA ADOLFO CASAIS MONTEIRO
(PESSOA, 1998A, P. 282; BNP/E3, 114¹-36ᴿ)

Caixa Postal 147,
Lisboa, 30 de Outubro de 1935.

Meu caro Casaes Monteiro:

Muito obrigado pelo seu postal de
25, relembrando o interesse que vocês teem pela mi-
nha collaboração na Presença. Já tinha promettido,
pessoalmente, aqui ha dias, ao Gaspar Simões, dar
essa collaboração, de sorte que, não indo já a tem-
po para o numero que está a sahir, pudesse todavia
apparecer no que deve sahir pelo Natal.

Succede, porém, uma coisa - succe-
deu ha cinco minutos - que me confirma em uma deci-
são que estava incerta, e que me inhibe de dar col-
laboração para a Presença, ou para qualquer outra
publicação aqui do paiz, ou de publicar qualquer li-
vro.

Desde o discurso que o Salazar fez
em 21 de Fevereiro deste anno, na distribuição de
premios no Secretariado de Propaganda Nacional, fi-
cámos sabendo, todos nós que escrevemos, que estava
substituida a regra restrictiva da Censura, "não se
póde dizer isto ou aquillo", pela regra sovietica
do Poder, "tem que se dizer aquillo ou isto". Em
palavras mais claras, tudo quanto escrevermos, não
só não tem que contrariar os principios (cuja natu-
reza ignoro) do Estado Novo (cuja definição desconhe-
ço), mas tem que ser subordinado às directrizes
traçadas pelos orientadores do citado Estado Novo.
Isto quere dizer, supponho, que não poderá haver
legitimamente manifestação literaria em Portugal que
não inclúa qualquer referencia ao equilibrio orça-
mental, à composição corporativa (tambem não sei o
que seja) da sociedade portugueza e a outras engre-
nagens da mesma especie.

O mais do que isto
É Jesus Cristo,
Que não sabia nada de finanças
Nem consta que tivesse biblioteca...

Jesus Cristo, por oposição a Salazar, "não sabia nada de finanças" — supondo que Salazar tivesse sido um bom regente da cadeira de Economia Política e Finanças e um bom ministro — e, independentemente da douta ignorância dos políticos, em tempos de nevoeiro, diz Pessoa, o melhor seria esperar por um super--Camões sebástico:

Quanto é melhor, quando há bruma,
Esperar por D. Sebastião,
Quer venha ou não!

Em "Liberdade", Pessoa assume ironicamente o papel do "preguiçoso" da tal citação de Séneca lançada por Salazar ("em casa dos sujeitos mais preguiçosos poderás encontrar tudo quanto há de discursos e de obras históricas em prateleiras que se erguem até ao tecto"),[7] tal como assumirá, no tríptico antissalazarista, o papel do "Sonhador nostálgico do abatimento e da decadência" (baseado num trecho acusador do mesmo discurso de Salazar). Mais tarde, virá a assinar o "Poema de amor em Estado Novo" — devo esta indicação a José Barreto — com uma outra acusação feita pelo poder salazarista à oposição: "o demoliberalismo Maçónico-comunista". Nos poemas de 1935 já referidos, Pessoa não nega essas acusações, pelo contrário, assume-as, numa atitude de provocação, como quem

---

7   Recorro à tradução — suprimindo apenas algumas repetições que procuram tornar o texto mais claro — do professor José António Segurado e Campos (*apud* Prista, 2003, p. 238).

diz: "Sou isso mesmo, e depois?". Compreendido deste modo, numa interpretação de José Barreto que subscrevo, o poema "Liberdade" torna-se um elogio provocatório da preguiça de que o ditador acusa os intelectuais da oposição. Não é um poema de combate aberto, como os outros, mas sim um poema de provocação velada.

Ora então, o suposto poema para a infância é, afinal, um poema para adultos inspirado pelo discurso de Salazar de 21 de fevereiro de 1935? A resposta inequívoca é sim. Dito isto, convém ainda esclarecer algumas questões referentes às nossas liberdades póstumas. Não querendo negar nem censurar, de forma alguma, outras leituras do texto, parece-me evidente que todo o trabalho crítico que não exclua a citação de Séneca — e um crítico poderá sempre argumentar que Pessoa, o próprio, não a inseriu — deverá partir de dois factos incontornáveis: a citação de Séneca (que Salazar foi buscar à obra *Da tranquilidade da alma*) e a alusão às "finanças" constante da última estrofe do poema remetem, sem sombra de dúvida, para Salazar e para o seu discurso de 21 de fevereiro de 1935. Neste contexto, a pergunta colocada por Prista ("Porque motivo não chegou o poeta a datilografar a citação?") é, sem dúvida, pertinente e até fascinante, mas talvez nunca chegue a encontrar resposta. Prista arrisca duas hipóteses: "Talvez porque buscasse a exacta frase em latim. Ou, porque quisesse Pessoa brincar com a erudição de Salazar, 'falta uma citação de Séneca' assumia a incapacidade de citar clássicos e era portanto remoque a constar na publicação?" (2003, p. 237). Eu admito, simplesmente, que não tivesse o poeta chegado a localizar a frase original, posto que o livro de Séneca não consta da sua biblioteca particular.[8] Seja como for,

---

8   Veja-se esta passagem do artigo de Luís Prista: "Chegaria Pessoa a procurar o trecho latino em livros da sua biblioteca pessoal? Na estante que foi do poeta e está hoje na Casa Fernando Pessoa há três volumes com obras de Lúcio Aneu Séneca — os dois tomos de *Seneca's Tragedies (with an English translation by Frank Justus Miller,* Londres | Nova York, William Heinemann-G. P. Putnam's

parece-me hoje claro que esta epígrafe teria de ser localizada — como, aliás, aconteceu — mais nos discursos de Salazar, do que nas obras do moralista romano, como fez, de resto, Richard Zenith, que sugeriu como possível epígrafe uma passagem da carta 51 das *Cartas a Lucílio*: "Sabes em que consiste a liberdade? Em não ser escravo de nada, de nenhuma necessidade, de nenhum acaso; em lutar de igual para igual com a fortuna" (em Pessoa, 2006d, p. 485).[9] E o que faremos agora com este poema perturbador? Retirá-lo-emos dos manuais escolares e das antologias de divulgação?[10] Espero que não. Seria esse um inestético gesto ditatorial. Porém, parece-me claro que os leitores desses livros ganhariam com a inserção, no *corpus* do poema, da citação de Séneca, com a correta fixação de alguns versos e com uma mínima contextualização do texto. Nas escolas poder-se-ia, então, começar a escrever, em jeito de exercício, poemas provocatórios contra diversos tipos de regimes autoritários, disfarçados de poemas para a infância. Não foi Pessoa um fingidor e não poderemos nós ensinar, com proveito, o fingimento às crianças? Deixemos o repto no ar.

Sons, 1917) e um livro que inclui o opúsculo *Apocolocyntosis (with an English translation by W.H.D. Rouse;* Londres | Nova York, William Heinemann-G.P. Putnam's Sons, 1916; a primeira parte do volume é para Petrónio, com tradução de Michael Heseltine) —, nenhum com sublinhados ou notas por Pessoa. Também não seria aí que podia encontrar a frase que interessava, a qual pertence ao diálogo *De tranquillitate animi* (caps. 9 e 7), "Apud desidiosissimos ergo uidebis quidquid orationum historiarumque est, tecto tenus exstructa loculamenta" (2003, p. 238).

9   Zenith corrigiu essa informação em 2013; veja-se o resumo de um encontro que decorreu na Faculdade de Ciências Sociais e Humanas da Universidade Nova de Lisboa, intitulado "Fernando Pessoa e o Estado Novo": <https://www.bookcase.pt/2013/02/debate-na-fcsh-fernando-pessoa-e-o.html>.

10   Recupero aqui uma nota do artigo de Luís Prista: "Na sua tese de mestrado, *A antologia escolar no ensino do português* (Braga, Universidade do Minho, 1987), Maria Sousa Tavares elenca os textos frequentes em antologias do 7º ano de escolaridade e do antigo 3º ano liceal, de 1905 a 1979, e com relance depois até 1985. Num dos cânones que colige, relativo aos períodos posteriores ao 25 de abril de 74, 'Liberdade' é o poema de Fernando Pessoa que os manuais mais seleccionam, e o 21º entre os textos de todos os autores. [...] Tenha-se em conta que os programas do 7º ano de escolaridade, ao contrário do que acontece em outros níveis de ensino, nem obrigam à leitura de textos de Pessoa" (2003, p. 221).

4. HETERONIMISMO

Numa das cartas mais citadas da língua portuguesa, que é também uma das cartas mais notáveis do século xx, Pessoa narra e explica a um dos jovens editores da revista literária *Presença* a génese dos seus heterónimos e recorre ao termo "heteronimismo" (carta de 13 de janeiro de 1935),[1] um termo que a crítica posteriormente transformou em "heteronímia", embora os dois conceitos não sejam inteiramente intercambiáveis. De facto, Pessoa utilizou apenas o primeiro, de teor mais psicológico, e nunca o segundo, de natureza mais abstrata. Em português, como em espanhol, "heteronímia" é um conceito linguístico — refere-se ao "fenómeno pelo qual duas palavras que correspondem a dois termos gramaticais em oposição procedem de raízes diferentes", como, por exemplo, touro e vaca, segundo o *Dicionário da Real Academia Espanhola* (DRAE) — e esse conceito só substituiu "heteronimismo", ganhando uma aceção ou dimensão estética, depois

---

1 Consulte-se Pessoa (2013a e 2016a, pp. 641-653). A carta tem sido publicada muitas vezes e também se encontra, por exemplo, em Pessoa (1998a e 1999, 2006a).

da morte de Pessoa. "Heteronímia" pode entender-se como um sinónimo de "despersonalização", ainda que o seu significado abarque muito mais do que uma perda ou uma multiplicação da personalidade, como veremos adiante. Mas o que é um heterónimo, para lá do que ensina a linguística ("cada um dos vocábulos que constituem uma heteronímia", segundo o DRAE)? O que é o "heteronimismo"? E qual é a genealogia da distinção entre obras ortónimas e heterónimas? Estas perguntas são pertinentes, se tivermos em conta que tendemos a esquecer os autores de certas aceções, vocábulos e locuções novos numa língua; que Pessoa inventou os mais recentes significados de "heterónimo" e "ortónimo"; e que estas palavras integram hoje vários outros idiomas, que não somente o português, como o espanhol, o inglês e o francês, ainda que não tenham entrado efetivamente em muitos dicionários. Se procurarmos "*heteronym*" no Ngram Viewer de Google Books (https://books.google.com/ngrams), por exemplo, entre 1935 e 2000, o resultado não deixa dúvidas: as ocorrências do termo aumentaram de forma clara e muito significativa.

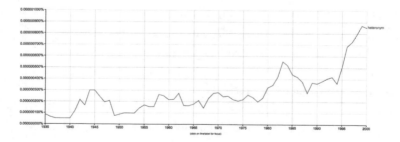

FIG. 9. A PALAVRA "*HETERONYM*" EM LIVROS EM INGLÊS, ENTRE 1935-2000

*

Comecemos por examinar a etimologia destes termos antes de abordarmos a questão da sua genealogia. "Heteronímia" e o vocábulo pessoano "heteronimismo" têm o mesmo prefixo de origem grega, *hetero-*, que significa diferente, outro. *Hetero-* poderia opor--se a *homo-*, que significa semelhante, igual (cf. "heterogéneo" e "homogéneo"), mas Pessoa, em tempos de discussões ortográficas, opô-lo a *orto-*, que expressa a noção de propriedade e que se pode traduzir por reto, justo ou verdadeiro (cf. "heterodoxia" e "orto-doxia"). Um "heterónimo" seria, pois, um nome diferente, posto que *ónyma* significa nome em grego; e um "ortónimo", um nome apropriado ou verdadeiro. Ao que parece, Pessoa ponderou e descartou outras opções, como a de opor *alo-* (outro) a *auto-* (próprio), ou *hetero-* (alheio) a *auto-* (próprio); se tivesse optado por esta última solução, ter-se-ia acercado da distinção jurídica entre documentos autógrafos (escritos pelo próprio autor) e documentos heterógrafos (escritos por outros, mas que procedem intelectualmente do autor). Em qualquer dos casos, o que Pessoa quis conceptualizar foi o seguinte: que, por um lado, ele próprio escrevia e as obras propriamente suas podiam qualificar-se de ortónimas; e, por outro lado, escrevia como alguém diferente de si mesmo e as obras relativamente alheias poderiam classificar-se como heterónimas. Neste contexto, o heteronimismo seria a disposição dramática de sair de si mesmo, de "voar outro",[2] de se despersonalizar e se tornar outras pessoas. Mas o heteronimismo — um termo menos sonante que heteronímia — seria também a construção de outras figuras autorais e, nesta medida, menos um fenómeno próximo da loucura do que uma técnica ou um método de composição de outros autores, ou seja, uma criação vertiginosa de alter egos por

---

2   "Vôo outro — eis tudo" disse Pessoa a Gaspar Simões; ver carta de 11 de dezembro de 1931, em *Cartas entre Fernando Pessoa e os Directores da* Presença (1998a, p. 178; sem cota). A carta também se encontra reproduzida no capítulo XIII de *Escritos sobre génio e loucura* (2006).

um *ego* (o do autor principal), que, ao invés de negar a sua multiplicidade, procura conviver com ela e tirar dela o máximo partido.

Antes de avançar, convém fazer uma distinção, que o próprio Pessoa — o ortónimo, o que assinava com o seu próprio nome — se encarregou de fazer: um heterónimo não é um pseudónimo.[3] Convém clarificar este ponto, porque me referi a alter egos, mas um heterónimo não é apenas uma personalidade alterna. De facto, mais do que uma personalidade — e é sempre possível acercarmo--nos do campo da psicologia, e Pessoa fá-lo, quando fala de um "companheiro de psiquismo"—,[4] um heterónimo é uma máscara e esta palavra, "máscara", está carregada de sentido. Recordemos que a etimologia da palavra "pessoa" é "máscara". Se é possível o destino de alguém estar, de algum misterioso modo, cifrado no seu próprio nome de família — sobretudo depois de inventar os heterónimos (em 1914) e de abandonar o acento circunflexo do seu apelido (1916) —, esse alguém foi sem dúvida Pessoa, que se multiplicou numa miríade de Pessoas, em rostos poéticos, e não somente em personalidades. É um facto que esses rostos poéticos — Alberto Caeiro, Ricardo Reis e Álvaro de Campos, entre outros — "projetam" uma personalidade própria, mas o importante, para nós, não é discutir se Caeiro era introvertido e Campos extrovertido, por exemplo, mas verificar que um reinventou o género bucólico e o outro, a poesia moderna.

Reconstruamos, agora sim, a genealogia da distinção entre obras ortónimas e heterónimas, que nos ajudará a compreender

---

3   Ver o princípio da "Tábua bibliográfica", adiante.

4   "O meu companheiro de psychismo Alvaro de Campos", comenta Pessoa, numa carta a Francisco Fernandes Lopes, de 20 de abril de 1919. A carta, na qual Pessoa se refere à estética da pseudonímia, foi publicada pela primeira vez em 7 de novembro de 1942, na revista *Seara Nova*. Está incluída no primeiro tomo de *Correspondência* (1998b), editado por Manuela Parreira da Silva. Noutros lugares Pessoa refere-se a "companheiros de sonho" (19-17ʳ) e a "companheiros de espírito" (20-72ʳ); ver, respetivamente, *Páginas de estética e de teoria e crítica literárias* (1967, p. 138) e *Livro do desasocego* (2010, tomo 1, p. 451).

melhor outros conceitos, tais como heterónimo, pseudónimo, semi-heterónimo e heteronimismo, todos eles usados por Fernando Pessoa.

No início, entre 1906 e 1916 aproximadamente, Pessoa utilizou com alguma assiduidade o conceito de pseudónimo. Esse conceito havia alcançado um alto valor literário quando Pessoa, influenciado pelas suas leituras acerca da verdadeira autoria das obras de William Shakespeare, defendeu a tese segundo a qual Shakespeare seria um pseudónimo de um outro autor. De entre essas leituras, destaco a do livro *In Re[garding] Shakespeare, Beeching v. Greenwood, Rejoinder on Behalf of the Defendant* (1909), de G.G. Greenwood; no seu exemplar, Pessoa deixou uma nota e uma correção notáveis (ver página seguinte).[5]

Pessoa familiarizou-se intimamente com a questão ou polémica Shakespeare-Bacon, tendo mesmo projetado participar da discussão, embora não tenha chegado a fazê-lo publicamente. Essa polémica ajudou-o a responder, antes de Michel Foucault, à pergunta "O que é um autor?" (1969), e, com uma intensa consciência do que significa ser-se autor, a criar os seus três heterónimos em 1914. Se a obra shakespeariana era ou podia considerar-se a obra de um autor que se escondia atrás de outro nome — fosse esse nome um pseudónimo ou não —, então, perguntava-se Pessoa, o que é o nome de um autor? Que funções cumpre o nome que congrega em si a identificação de uma obra?

No seu ensaio inacabado "William Shakespeare, Pseudonymo" (*post* 1912), Pessoa é muito claro ao postular que o problema da autoria das obras shakespearianas não é o da existência ou inexistência histórica de um ator chamado William Shakespeare,

---

5   Veja-se o volume *A biblioteca particular de Fernando Pessoa* (2010, pp. 251 e 425). As siglas CFP correspondem a Casa Fernando Pessoa. Desde 2008, a biblioteca de Fernando Pessoa pode consultar-se on-line: <https://bibliotecaparticular.casafernandopessoa.pt/index/index.htm>.

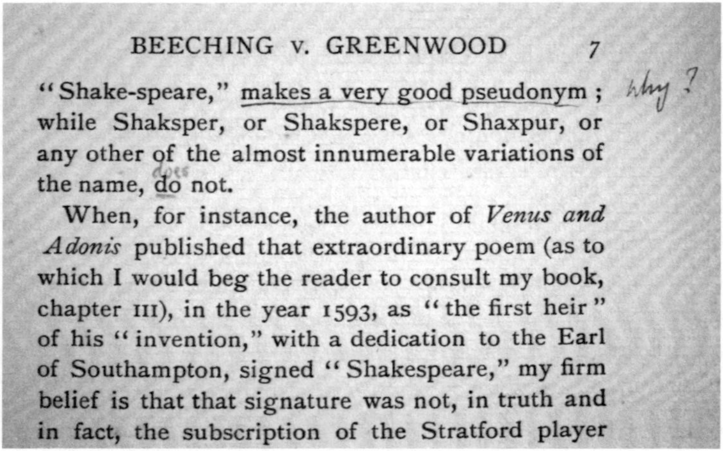

> **BEECHING v. GREENWOOD** 7
>
> "Shake-speare," makes a very good pseudonym ; *why ?*
> while Shaksper, or Shakspere, or Shaxpur, or
> any other of the almost innumerable variations of
> the name, do not.
>
> When, for instance, the author of *Venus and
> Adonis* published that extraordinary poem (as to
> which I would beg the reader to consult my book,
> chapter III), in the year 1593, as "the first heir"
> of his "invention," with a dedication to the Earl
> of Southampton, signed "Shakespeare," my firm
> belief is that that signature was not, in truth and
> in fact, the subscription of the Stratford player

FIG. 10. *IN RE SHAKESPEARE* (CFP, 8-237)

mas o da "autonymidade ou pseudonymidade de uma figura literária" (*Escritos sobre génio e loucura*, 2006a, tomo 1, p. 343; BNP/ E3, 76A-95ʳ), quer dizer, o de estabelecer se Shakespeare foi um pseudónimo de Francis Bacon ou um autónimo de William Shakespeare. Pessoa tende a crer na autonimidade das obras do dramaturgo isabelino, mas, mais do que debater uma questão de ordem histórica, interessa-lhe estudar as profundas implicações literárias que resultam da dúvida em torno da veracidade de um nome. Finalmente, despojado da sua realidade, um nome não é senão um conjunto de letras que cumpre uma função discursiva.

Desta conclusão já se havia Pessoa acercado num texto precoce, de cerca de 1906 (fig. 11, página seguinte). Eis a tradução:

Sempre tive em consideração um caso que é extremamente interessante e que dá origem a um problema não menos interessante. Reflecti sobre um homem que se torna imortal sob um pseudónimo, permanecendo o seu nome real oculto e desconhecido. Ao pensar em si, esse homem não se teria considerado realmente imortal, mas teria concluído que o verdadeiro imortal era um desconhecido. Então "o que seria o nome?" questionar-se-ia, absolutamente nada. Nesse caso, digo a mim próprio, o que é imortalidade em arte, na poesia, ou em qualquer outra coisa?[6]

A pergunta final de Pessoa é compreensível. Se a imortalidade de um nome era independente da existência ou inexistência histórica de um homem, se um autor podia esconder-se sob o disfarce de um nome e, assim, fazer-se célebre, então que significado teria a imortalidade artística ou a imortalidade em geral? Ou, por outras palavras, porque não fazer-se célebre atrás de uma máscara (ou muitas), se, ao fim e ao cabo, era o mesmo que fazê-lo com o rosto nu, supondo que tal nudez fosse possível? Ou até mesmo, e talvez a esta conclusão tenha chegado a Pessoa anos mais tarde, porque não forjar a imortalidade pessoal através da multiplicidade, sob o nome verdadeiro ou ortónimo, e sob outros nomes, ou heterónimos? A leitura de Shakespeare, somada à de Oscar Wilde, que advogava pela arte da mentira,[7] e a outras leituras prévias, como a de Browning, autor de poemas em que é o próprio poeta que se dramatiza,[8] terá levado Pessoa a fazer da desperso-

---

6   Em inglês no original: "I have always had in consideration a case which is extremely interesting and which starts a problem not the less interesting. I considered the case of a man becoming immortal under a pseudonym, his real name hidden and unknown. Such a man would, thinking upon it, not consider himself really immortal but an unknown to be immortal indeed. 'And yet what is the name?' he would consider; nothing at all. What then, I said to myself, is immortality in art, in poesy, in anything whatsoever?" (Pessoa, 2003a, p. 346; BNP/E3 138-77ʳ).

7   Sobre a importância das leituras de Wilde e dos autores que escreveram sobre a autoria das obras de Shakespeare para a compreensão da génese dos heterónimos, ver o artigo de Pizarro e Ferrari (2011).

8   Veja-se o capítulo que George Monteiro (2000) dedica a Robert Browning ("Drama in Character").

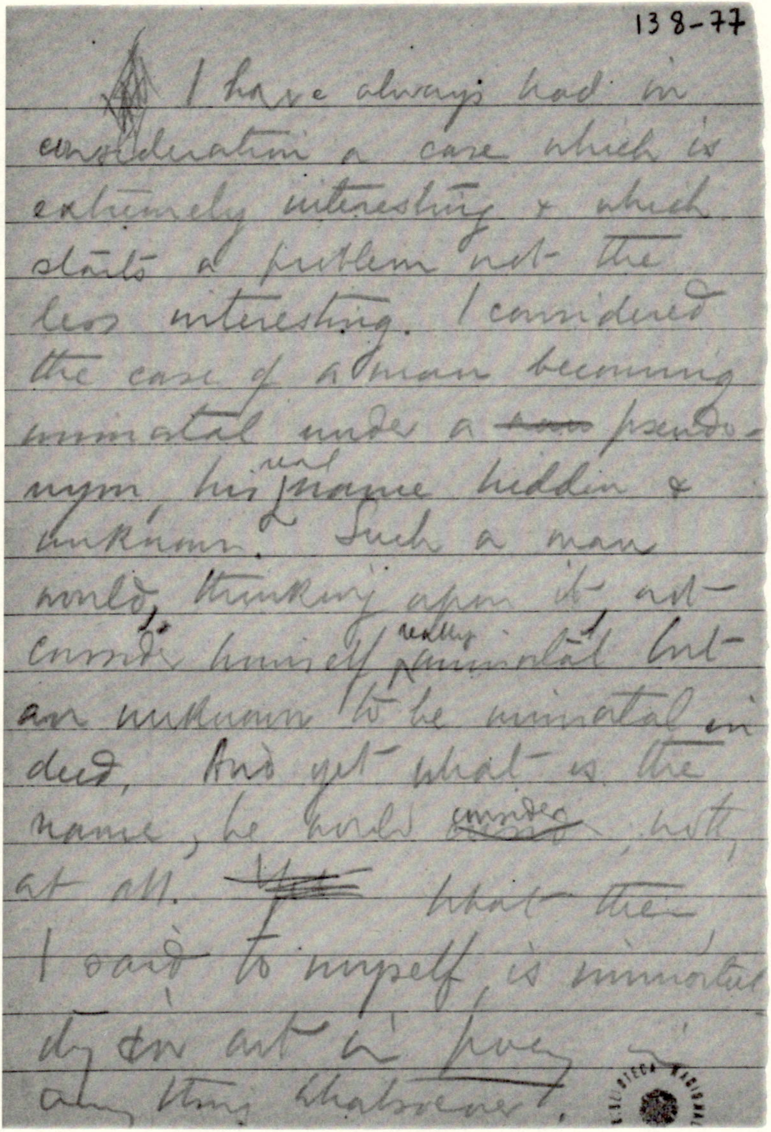

138-77

I have always had in
consideration a case which is
extremely interesting & which
starts a problem not the
less interesting. I considered
the case of a man becoming
immortal under a ~~soon~~ pseudo-
nym, his ^real name hidden &
unknown. Such a man
would thinking upon it not
consider himself ^really immortal but
an unknown to be immortal in
deed, And yet what is the
name, he would ~~consider~~, not,
at all. ~~Yet~~ what then
I said to myself is immortal-
ity ~~in art in poet~~
any thing whatsoever.

FIG. 11. "I HAVE ALWAYS HAD IN CONSIDERATION" (BNP/E3, 138-77ʳ) nalização dramática uma arte, do fingimento uma poética e do seu nome (e, depois, do nome de Caeiro, seu "mestre") o centro de um universo ficcional.

Se o génio é uma alquimia, como afirma Pessoa,[9] a transmutação maravilhosa e incrível das leituras de Shakespeare, Wilde e Browning, entre outros,[10] numa nova proposta estética ocorreu em março de 1914, quando o génio pessoano teve o seu momento alquímico. Nessa data nasceram os heterónimos, Alberto Caeiro, Ricardo Reis e Álvaro de Campos, três figuras muito mais delineadas e diferenciadas do seu criador do que Pip, David Merrick, Lucas Merrick, Sidney Parkinson Stool, Charles Robert Anon, Alexander Search, Jean Seul de Méluret, Pantaleão ou Charles James Search, por exemplo, que são os nomes de alguns pré-heterónimos. Estes são figuras que tornam patente uma tendência que nunca abandonara a imaginação de Pessoa, a da despersonalização,[11] mas são figuras menos definidas na sua individualidade do que os heterónimos propriamente ditos.

Segundo Pessoa, na carta de 13 de janeiro de 1935, os heterónimos surgiram num dia triunfal. Recordemos a sua célebre recordação desse dia:

> Num dia em que finalmente desistira [de inventar um poeta bucólico] — foi em 8 de Março de 1914 — acerquei-me de uma commoda alta, e, tomando um papel, comecei a escrever, de pé, como escrevo sempre que posso. E escrevi trinta e tantos poemas a fio, numa especie de extase cuja natureza não conseguirei

9   Cf. "O genio é uma alchymia" (Pessoa, 2006a, tomo 1, p. 80; BNP/E3, 19-4ᶦ).
10   Ver o artigo de Patricio Ferrari (2011) sobre o papel de algumas leituras e anotações na criação e no desenvolvimento dos pré-heterónimos.
11   Na carta de 13 de janeiro de 1935, Pessoa refere-se a "esta tendencia para crear em torno de mim um outro mundo, egual a este mas com outra gente, nunca me saiu da imaginação" (Pessoa, 2013a e 2016a, p. 645).

definir. Foi o dia triumphal da minha vida, e nunca poderei ter outro assim. Abri com um titulo, "O Guardador de Rebanhos". E o que se seguiu foi o apparecimento de alguem em mim, a quem dei desde logo o nome de Alberto Caeiro. Desculpe-me o absurdo da phrase: apparecera em mim o meu mestre.

(Pessoa, 2013a e 2016a, pp. 646-647)

Nesse dia triunfal, que talvez tenha durado um mês, mas que Pessoa, retrospetivamente, converteu num só dia,[12] surgiram primeiro Caeiro, depois Reis e, por último, Campos. Na ficção tudo foi veloz e semelhante a uma série sucessiva de epifanias; na realidade revelada pelo arquivo, no trabalho que revelam os manuscritos, Caeiro, Reis e Campos tiveram uma gestação relativamente lenta, pois surgiram primeiro alguns poemas anónimos e só depois se foram esboçando — na mente de Pessoa — os seus possíveis autores, com os nomes e os dados biográficos que hoje conhecemos. Em todo o caso, o que aqui convém assinalar é que, em 1914, Pessoa havia já aperfeiçoado uma técnica, a de criar outras máscaras poéticas, partindo de uma tendência, a de se fazer rodear de um mundo imaginário, e que essa técnica tornou possível a revelação desses três grandes artifícios que são Caeiro, Reis e Campos.

É um facto que Pessoa inventou em 1914 três figuras muito mais definidas e consistentes do que as muitas que havia inventado nos dez anos precedentes, mas essas figuras não foram imediatamente denominadas "heterónimos". Significativamente, numa carta de 19 de janeiro de 1915 a Armando Côrtes-Rodrigues, que seria um dos colaboradores da revista *Orpheu* (1915) — onde

---

12 Consulte-se o artigo de Ivo Castro (1996), no qual o filólogo explica que o arquivo de Fernando Pessoa desmente algumas afirmações feitas pelo seu autor.

Pessoa deu a conhecer Álvaro de Campos, mas não Ricardo Reis, nem Alberto Caeiro, cujos poemas publicou na revista *Athena* (1924-1925) —, pode ler-se:

> Mantenho, é claro, o meu proposito de lançar pseudonymamente a obra Caeiro-Reis-Campos. Isso é toda uma literatura que eu creei e vivi, que é sincera, porque é sentida, e que constitue uma corrente com influencia possivel, benefica incontestavelmente, nas almas dos outros.
>
> (Pessoa, 2009b, p. 356)[13]

Do mesmo modo, num apontamento ligeiramente posterior, também de 1915, pode ler-se:

> Assim publicarei, sob varios nomes, varias obras de varias especies, contradizendo-se umas ás outras. Obedeço, assim, a uma necessidade de dramaturgo, e a um dever social. [...]
>
> Não publico tudo sob o meu nome, porque isso seria contradizer-me. E a contradicção é uma inferioridade.
>
> As theses mais syntheticas, as na linha de orientação que se pareça a media, e portanto a mais propria expressão do meu temperamento, publical-as-hei sob o meu nome. Mas não deve julgar-se que as dou por mais verdadeiras do que as que publicarei com nomes inventados.
>
> (Pessoa, 2009b, p. 296; BNP/E3, 144A-19 e 20ʳ)

E num outro, talvez de 1916:

---

13 Esta carta, incluída em *Sensacionismo e outros ismos*, carece de cota do espólio pessoano à guarda da Biblioteca Nacional de Portugal, já que em 2009 se encontrava no Museu Carlos Machado; hoje pertence ao espólio de Côrtes-Rodrigues, conservado na Biblioteca Regional dos Açores, em Ponta Delgada (ACR, Corr. 4482).

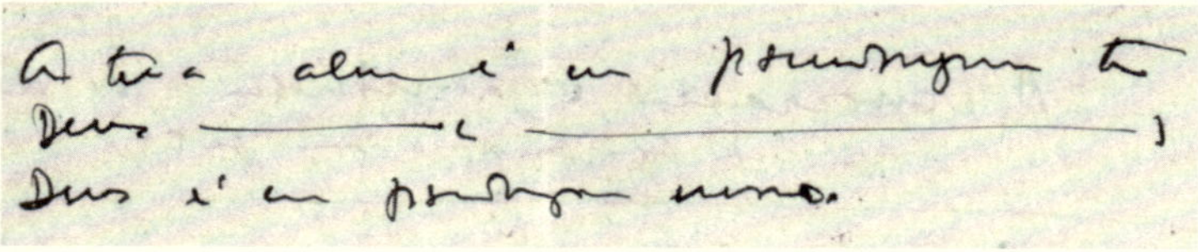

FIG. 12. "A TUA ALMA" (BNP/E3, 75A-28ᴿ; DETALHE)

A tua alma é um pseudonymo teu
Deus é um pseudonymo teu
Deus é um pseudonymo nosso.

(Pessoa, 2009b, p. 178; BNP/E3, 75A- 28ʳ)

Porém, se não foi em 1914, quando escreveu muitos dos poemas de Caeiro, Reis e Campos (e inventou estes nomes), nem 1915, quando publicou Campos pela primeira vez, nem 1924-1925, quando publicou Reis e Caeiro, então quando exatamente formulou e estabeleceu Pessoa a distinção entre obras ortónimas e heterónimas?

Na edição das *Canções* de António Botto da série "Pessoa Editor", de 2010, sugere-se que terá sido por volta de 1928, quando Pessoa redigiu e viu publicada, na revista *Presença*, a sua "Tábua bibliográfica" (fig. 13), que começa do seguinte modo:

TÁBUA BIBLIOGRÁFICA
Fernando Pessoa

Nasceu em Lisboa, em 13 de Junho de 1888. Foi educado no Liceu (*High School*) de Durban, Natal, África do Sul, e na Universidade (ingleza) do Cabo de Boa Esperança. Nesta ganhou o prémio Rainha Victória de estylo inglez; foi em 1903 — o primeiro anno em que esse prémio se concedeu.

O que Fernando Pessoa escreve pertence a duas categorias de obras, a que poderemos chamar orthónymas e heterónymas. Não se poderá dizer que são autónymas e pseudónymas, porque deveras o não são. A obra pseudónyma é do autor em sua pessoa, salvo no nome que assina; a heterónyma é do auctor fóra de sua pessoa, é de uma individualidade compléta fabricada por êlle, como o seriam os dizeres de qualquer personagem de qualquer drama seu.

(Pessoa, 2013a e 2016a, p. 638)

Hoje, todavia, iria mais longe e, para além de confirmar essa data (1928), atrever-me-ia a dizer que o resultado mais importante da aceitação de escrever uma resenha bibliográfica própria, na qual Pessoa enumera as suas publicações, com importantes e intencionados esquecimentos, foi a distinção então proposta, pela primeira vez, entre obras ortónimas e heterónimas, em prol da clarificação. Essa distinção veio substituir uma outra, válida até então, entre obras autónimas[14] e pseudónimas, que Pessoa havia já esboçado na década de 1910. Em 1928, num dos esboços da "Tábua", Pessoa deixa um apontamento que torna bastante claro o que são os heterónimos, por oposição aos pseudónimos: "São entidades com similivida propria, sentimentos que eu não tenho, opiniões que não aceito. Seus escritos são obras alheias, embora, por acaso, sejam minhas" (em Botto, 2010, p. 168; BNP/E3, 189ʳ).

Observe-se que este apontamento lembra um texto de "Ficções do interlúdio", título sob o qual Pessoa projetou apresentar e publicar determinadas obras ortónimas e heterónimas, ainda que não fazendo uso destes dois conceitos, que só surgem verdadeiramente explícitos na "Tábua bibliográfica" (1928).

---

14 Veja-se a lista das obras "autónimas" na edição de Teresa Sobral Cunha do *Livro do desassossego* (1990-1991, tomo 1, p. 53; BNP/E3, 48ʙ-64ʳ).

TÁBUA BIBLIOGRÁFICA
Fernando Pessoa

Nasceu em Lisboa, em 13 de Junho de 1888. Foi educado no Liceu (HIGH SCHOOL) de Durban, Natal, África do Sul, e na Universidade (ingleza) do Cabo de Boa Esperança. Nesta ganhou o prémio Rainha Victória de estylo inglez; foi em 1903 — o primeiro anno em que esse prémio se concedeu.

O que Fernando Pessoa escreve pertence a duas categorias de obras, a que poderemos chamar orthónymas e heterónymas. Não se poderá dizer que são autónymas e pseudónymas, porque deveras o não são. A obra pseudónyma é do autor em sua pessoa, salvo no nome que assina; a heterónyma é do auctor fóra da sua pessoa, é de uma individualidade complèta fabricada por êlle, como o seriam os dizeres de qualquer personagem de qualquer drama seu.

As obras heterónymas de Fernando Pessoa são feitas por, até agora, trez nòmes de gente — Alberto Caeiro, Ricardo Reis, Alvaro de Campos. Estas individualidades devem ser consideradas como distinctas do do auctor dellas. Fórma cada uma uma espécie de drama; e todas ellas juntas fórmam outro drama. Alberto Caeiro, que se tem por nascido em 1889 e morto em 1915, escreveu poemas com uma, e determinada, orientação. Teve por discipulos — oriundos, como taes, de diversos aspectos dessa orientação — aos outros dois: Ricardo Reis, que se considera nascido em 1887, e que isolou naquela obra, estylizando, o lado intellectual e pagão; Alvaro de Campos, nascido em 1890, que nella isolou o lado por assim dizer emotivo, a que chamou «sensacionista», e que — ligando-a a influências diversas, que predomina, ainda que abaixo da de Caeiro, a de Walt Whitman — produziu diversas composições, em geral de indole escandalosa e irritante; sobretudo para Fernando Pessoa, que, em todo o caso, não tem remédio senão faze-las e publicá-las, por mais que dellas discorde. As obras destes trez poetas formam, como se disse, um conjunto dramático; e está devidamente estudada a entreacção intellectual das personalidades, assim como as suas próprias relações pessoaes. Tudo isto constará de biographias a fazer, acompanhadas, quando se publiquem, de horoscopos e, talvez, de photographias. E' um drama em gente, em vez de em actos.

(Se estas três individualidades são mais ou menos reaes que o próprio Fernando Pessoa — é problema metaphisico, que êste, ausente do segrêdo dos Deuses, e ignorando portanto o que seja realidade, nunca poderá resolver).

Fernando Pessoa publicou, orthonymamente, quatro folhetos em verso inglez: ANTINOUS e 35 SÓNNETS, junctos, em 1918, e ENGLISH POEMS I-II e ENGLISH POEMS III, também junctos, em 1922. O primeiro poema do terceiro d'estes folhetos é a refundição do «Antinous» de 1918. Publicou, além d'isto,

em 1923 um manifesto, SOBRE UM MANIFESTO DE ESTUDANTES, em appoio de Raul Leal, e, em 1928, um folheto, INTERREGNO — DEFESA E JUSTIFICAÇÃO DA DICTADURA MILITAR EM PORTUGAL, que o Governo consentiu que se editasse. Nenhum d'estes textos é definitivo. Do ponto de vista esthetico, o auctor prefere pois considerar estas obras como apenas approximadamente existentes. Nenhum escripto heterónymo se publicou em folheto ou livro.

Tem Fernando Pessoa collaborado bastante, sempre pelo acaso de pedidos amigos, em revistas e outras publicações, de diversa índole. O que d'elle por elias anda espalhado é, na generalidade, de ainda menor interesse público que os folhetos acima citados. Abrem-se, porém, mas com reservas, as seguintes excepções: Quanto a obras orthónymas: o drama stático O MARINHEIRO in ORPHEU 1 (1915); O BANQUEIRO ANARCHISTA in CONTEMPORANEA 1 (1922); os poemas MAR PORTUGUÉS in CONTEMPORANEA 4 (1922); uma pequena collecção de poemas in ATHENA 3 (1925); e, em o número 1 do diário de Lisboa SOL (1926), a narração exacta e comovida do que é o Conto do Vigário.

Quanto a obras heterónymas: as duas odes — ODE TRIUMPHAL e ODE MARITIMA — de Alvaro de Campos in ORPHEU 1 e 2 (1915); o ULTIMATUM, do mesmo individuo, em o número único de PORTUGAL FUTURISTA (1917); o livro de ODES, de Ricardo Reis, em ATHENA 1 (1924); e os excerptos dos poemas de Alberto Caeiro in ATHENA 4 e 5 (1925).

O resto, orthónymo ou heterónymo, ou não tem interesse, ou o não teve mais que passageiro, ou está por aperfeiçoar ou redefinir, ou são pequenas composições, em prosa ou em verso, que seria dificil lembrar e tedioso enumerar, depois de lembradas.

Do ponto de vista, por assim dizer, publicitário, vale, contudo, a pena registar uns artigos em A AGUIA, no ano 1912, sobretudo pela irritação que causou o anúncio nelles feito do «próximo apparecimento do super-Camões». Com a mesma intenção se pode citar o conjuncto do que veio em ORPHEU, dado o escândalo desmedido que resultou d'esta publicação. São os dois únicos casos em que qualquer escripto de Fernando Pessoa chegasse até á attenção do público.

Fernando Pessoa não tenciona publicar — pelo menos por um largo emquanto — livro nem folheto algum. Não tendo público que os leia, julga-se dispensado de gastar inutilmente, em essa publicação, dinheiro seu que não tem; e, para o fazer gastar inutilmente a qualquer editor, fôra preciso um tirocínio para o processo a que deu seu apellido o saudoso Manuel Peres Vigário, já acima indirectamente citado.

FIG. 13. PRESENÇA, N. 17, COIMBRA, DEZEMBRO DE 1928, P. 10

Nesse texto preliminar, Pessoa explica, cerca de 1931, que atribuiu a Caeiro, a Reis e a Campos "poemas varios que não são como eu nos meus sentimentos e idéias os escreveria" (Pessoa, 2010, tomo 1, p. 458; BNP/E3, 16-62ʳ); e que assim devem ser considerados os poemas dessas três personagens, isto é, como textos que diferem dos de um "autor real" ("ou porventura apparente, porque não sabemos o que seja a realidade"; Pessoa, 2010, tomo 1, p. 449; BNP/E3, 20-70ʳ).

> Assim tem estes poemas de Caeiro, os de Ricardo Reis e os de Alvaro de Campos que ser considerados. Não ha que buscar em quaesquer d'elles idéas ou sentimentos meus, pois muitos d'elles exprimem idéas que não acceito, sentimentos que nunca tive. Ha simplesmente que os ler como estão, que é aliás como se deve ler.
>
> (Pessoa, 2010, tomo 1, p. 459; BNP/E3, 16-62ʳ)

O que se deve, pois, entender por conceitos tais como heterónimo, pseudónimo, semi-heterónimo e heteronimismo? Se tivermos em conta textos da segunda metade da década de 1910, heterónimo é um conceito que se poderia aproximar, por exemplo, daqueles de "pessoa esthetica", "autor supposto", "personalidade mais demorada" e "filho mental" (Pessoa, 2010, tomo 1, pp. 454, 448, 449 e 450; BNP/E3, 20-78ʳ, 48c-29ʳ e 20-70ʳ). Se analisarmos textos de finais da década de 1920 e de meados de 1930, heterónimo poderia aproximar-se, por exemplo, de "personalidade fictícia",[15] "figura irreal"[16] ou "conhecido inexistente".[17] Heterónimo seria, então, uma pessoa ou personagem inventada, com atributos de

---

15   Cf. a expressão "personalidades fictícias", no plural (Pessoa, 1998a, p. 280; BNP/E3, 20-74ʳ). Texto datável de finais de 1920.
16   Cf. a fórmula "figuras irreaes", no plural (Pessoa, 2013a e 2016a, p. 645).
17   No singular, na mesma página e na mesma obra citada na nota anterior.

autor (uma vida, uma obra, uma poética, uma "índole expresiva" ou um estilo), que Pessoa procurou integrar, posteriormente, numa espécie de drama estático, sem enredo nem atos, forjado através do diálogo entre essas "pessoas-livros" (Pessoa, 2010, tomo 1, pp. 449 e 447; BNP/E3, 20-73^v e 20-70^r). Há que assinalar que desse "drama em almas" (Pessoa, 1998a, p. 281; BNP/E3, 20--76^r) também faz parte a voz de Pessoa (o ortónimo), participação que fez que ele próprio pudesse ser visto como um heterónimo, ou seja, não como o autor do drama, mas como mais uma das suas personagens, do mesmo modo que Pirandello em *Seis personagens à procura de um autor* (1921).

E o que entender por pseudónimo, semi-heterónimo e heteronimismo? Por pseudónimo, entendamos o que nos diz o dicionário: um nome falso ou suposto, mas sem a dimensão autoral de um heterónimo. Por semi-heterónimo, que é um conceito que Pessoa usou apenas uma vez (ao referir-se a Bernardo Soares, em 1935), uma personalidade menos "demorada", mais próxima da do autor central do drama novelesco, ainda que este permanentemente abandone a sua centralidade e renegue a direção e a paternidade na obra. Estas são as palavras de Pessoa:

> (O meu semi-heteronymo Bernardo Soares, que aliás em muitas coisas se parece com Alvaro de Campos, apparece sempre que estou cansado ou somnolento, de sorte que tenha um pouco suspensas as qualidades de raciocinio e de inhibição; aquella prosa é um constante devaneio. É um semi-heteronymo porque, não sendo a personalidade a minha, é, não differente da minha, mas uma simples mutilação della. Sou eu menos o raciocinio e a affectividade. A prosa, salvo o que o raciocinio dá de *tenue* à minha, é egual a esta, e o portuguez perfeitamente egual.)
>
> (Pessoa, 2013a e 2016a, pp. 649-650)

Note-se que, num outro texto, Pessoa refere-se a Bernardo Soares como uma "personagem literária": ao citar o *Livro do desassossego*, diz que é uma obra de Bernardo Soares, mas subsidiariamente, atendendo a que Soares não é um heterónimo, antes uma "personagem literária" (Pessoa, 1998a, p. 199; BNP/ E3, 114.^{2}-16^r). Segundo este texto e o anterior, Soares seria um Pessoa menos racional e afetivo, que se abandonaria, com mais liberdade, aos devaneios que formam a prosa musical do *Livro do desassossego*.

Por último, é necessário voltar a pensar a noção de heteronimismo. Este conceito, como já se disse, aponta para uma tendência — uma constituição mental, inclusive — e para uma técnica. Seria uma inclinação de carácter transfigurada em arte. A explicação psicológica que Pessoa oferece acerca da génese dos seus heterónimos, na carta de 13 de janeiro de 1935, favorece uma leitura biográfica e até mesmo médica; porém, é importante não esquecer que o heteronimismo é também um processo consciente, de desdobramento premeditado, e que este autor, que inventa autores supostos, tem um papel ativo e lúcido em todo este complexo processo, ainda que, na ficção, refira muitas vezes que o seu papel é tendencialmente passivo.

*

A "Tábua bibliográfica" data de 1928. Dos textos posteriores, seria útil observar um outro momento de "Ficções do interlúdio", para resumir e englobar o que foi dito. O texto que se segue data de cerca de 1931 e também não menciona a distinção entre obras ortónimas e heterónimas; há que ter em conta, porém, que nos textos posteriores a 1929 essa distinção já está implícita e pode considerar-se funcional e operativa. Vejamos:

Nestes desdobramentos de personalidade, ou, antes, invenções de personalidades differentes, ha dois graus ou typos, que estarão revelados ao leitor, se os seguiu, por characteristicas distinctivas. No primeiro grau, a personalidade distingue-se por ideas e sentimentos proprios, distinctos dos meus, assim como, em mais baixo nivel d'esse grau, se distingue por idéas, postas em raciocinio ou argumento, que não são minhas, ou, se o são, o não conheço. O Banqueiro Anarchista é um exemplo d'este grau inferior; o Livro do Desasocego e a personagem Bernardo Soares, são o grau superior.

Ha o leitor de reparar que, embora eu publique (publicasse) o Livro do Desasocego como sendo de um tal Bernardo Soares, ajudante de guarda-livros na cidade de Lisboa, o não incluí todavia nestas Ficções do Interludio. É que Bernardo Soares, distinguindo-se de mim por suas idéas, seus sentimentos, seus modos de ver e de comprehender, não se distingue de mim pelo estylo de expôr. Dou a personalidade differente atravez do estylo que me é natural, não havendo mais que a distincção inevitavel do tom especial que a propria especialidade das emoções necessariamente projecta.

Nos authores das Ficções do Interludio não são só as idéas e os sentimentos que se distinguem dos meus: a mesma technica da composição, o mesmo estylo, é differente do meu. Ahi cada personagem é creada integralmente differente, e não apenas differentemente pensada. Por isso nas Ficções do Interludio predomina o verso. Em prosa é mais difficil de se outrar.

(Pessoa, 2010, tomo 1, p. 457; 2014a, pp. 529-530; fig. 14)

FIG. 14. "NESTES DESDOBRAMENTOS" [FICÇÕES DO INTERLÚDIO] (BNP/E3, 16-60ª)

Ficções do Interludio.

Nestes desdobramentos de personalidade, ou, antes, invenções de personalidades differentes, ha dois graus ou typos, que estarão revelados ao leitor, se os seguiu, por characteristicas distinctivas. No primeiro grau, a personalidade distingue-se por ideas e sentimentos proprios, distinctos dos meus, assim como, em mais baixo nivel d'esse grau, se distingue por idéas, postas em raciocinio ou argumento, que não sã o minhas, ou, se o são, o não conheço. O Banqueiro Anarchista é um exemplo d'este grau inferior; o Livro do Desasocego, e a personagem Bernardo Soares, são o grau superior.

Ha o leitor de reparar que, embora eu publique (publicasse) o Livro do Desasocego como sendo de um tal Bernardo Soares, ajudante de guarda-livros na cidade de Lisboa, o não inclui todavia nestas Ficções do Interludio. É que Bernardo Soares, distinguindo-se de mim por suas idéas, seus sentimentos, seus modos de ver e de comprehender, não se distingue de mim pelo estylo de expôr. Dou a personalidade differente atravez do estylo que me é natural, não havendo mais que a distincção inevitavel do tom especial que a propria especialidade das emoções necessariamente projecta.

Nos authores das Ficções do Interludio não são só as idéas e os sentimentos que se distinguem dos meus: a mesma technica da composição, o mesmo estylo, é differente do meu. Ahi cada personagem é creada integralmente differente, e não apenas differentementexxxxx differentemente pensada. Por isso nas Ficções do Interludio predomina o verso. Em prosa é mais difficil de se outrar.

Ha accidentes do meu distinguir uns de outros que pesam como grandes fardos no meu descernimento espiritual. Distinguir tal composição musicante de Bernardo Soares de uma compoisção de egual theor que é minha......

Ha momentos em que o faço repentinamente, com uma perfeição de que pasmo; e pasmo sem immodestia, porque, não crendo em nenhum fragmento de liberdade humana, pasmo do que se passa em mim como pasmaria do que se passasse em outrem - em dois extranhos.

Só uma grande intuição pode ser bussola nos descampados da alma; só com um sentido que usa da intelligencia, mas se não assemelha a ella, embora nisto com ella se funda, se pode distinguir estas figuras de sonho na sua realidade de uma a outra.

Entre os autores destas "Ficções" estariam, é claro, Alberto Caeiro, Ricardo Reis e Álvaro de Campos. Estes três heterónimos seriam radicalmente diferentes de Fernando Pessoa, já que, para além das suas ideias e dos sentimentos próprios, teriam também uma técnica de composição e um estilo diferentes. O título de "heterónimo" dependeria do grau de diferença. Se este não é muito elevado, o título seria "semi-heterónimo", "personalidade literária" ou, simplesmente, "personagem"; se o fosse, seria "heterónimo".

Para terminar, queria enfatizar que esta clareza concetual é tardia. Pessoa, o inventor da distinção entre obras ortónimas e heterónimas, o criador das aceções mais modernas de ortónimo e heterónimo, deu primeiro vida a dezenas de figuras literárias mais ou menos definidas, e depois, só depois, introduziu uma clara distinção concetual. Isto quer dizer que tudo o que Pessoa produziu até 1928 — recordemos que nasceu em 1888 — dificilmente se pode separar em ortónimo e heterónimo, pois este seria um exercício retrospetivo, porque o que a Tábua faz é precisamente dar um sentido retrospetivo às obras, dividindo-as em ortónimas e heterónimas. Isto quer ainda dizer que tudo o que escreveu depois de 1928 também seria difícil de classificar desse modo, pois entre 1928 e 1935 Pessoa não optou por separar a sua obra nesses dois grandes continentes, ainda que tenha equacionado tal possibilidade. Na realidade, o arquivo pessoano é um universo em que coexistem textos assinados por Pessoa com textos com outras assinaturas, com textos sem nenhum tipo de atribuição (a maior parte); quer dizer, um arquivo que demonstra que o heteronimismo não era algo de permanente e sistemático e que mesmo distinguir entre a produção de uma pessoa e de

FIG. 15. "HA ACCIDENTES DO MEU DISTINGUIR" (BNP/E3, 16-59ʳ)

outra era, para o autor, um processo árduo. O próprio Pessoa o diz, com algum grau de mistificação:

> Ha accidentes no meu distinguir uns de outros que pesam como grandes fardos do meu discernimento espiritual [...] só com um sentido que usa da intelligencia, mas se não assemelha a ella, embora nisto com ella se funda, se pode distinguir estas figuras de sonho na sua realidade de uma a outra" (Pessoa, 2010, tomo 1, p. 456; 2014a, pp. 528-529; fig. 15).

Portanto, há que ter em conta que, por um lado, a distinção entre obras ortónimas e heterónimas é mais um projeto pessoano que permanece em grande medida inacabado e que o arquivo pessoano, por outro lado, é bem mais vasto do que essa bipolarização, que parece desajustada ante a pluralidade e a indefinição do mesmo. Os heterónimos são três; as figuras sonhadas, dezenas. Os textos assinados são muitos; os escritos que o não estão, muitos mais. Por estes motivos, entre outros, nos perturba que o inventor de uma tão importante distinção concetual e de tantos planos de publicação de suas obras, não haja publicado senão um livro em vida e um par de folhetos, pois só ele poderia ter conferido uma unidade mais definitiva a certas obras suas e alheias.

5. ALBERTO CAEIRO

Em 1935, ano da sua morte, Fernando Pessoa anunciou, numa carta famosa, que em 1914, após um "dia triunfal" em que escreveu uma grande quantidade de poemas, surgira em si o seu "Mestre", Alberto Caeiro (Pessoa, 2013a e 2016a, pp. 641-653). Será que os acontecimentos desse dia se passaram realmente como ele no-los descreve? Será que a invenção de um Mestre é possível? Iremos de seguida analisar os documentos que Pessoa nos deixou e como Pessoa construiu Caeiro, o seu primeiro heterónimo.[1]

De acordo com a versão mais comummente aceite dos factos, no dia 8 de março de 1914, Pessoa aproximou-se de uma cómoda alta e escreveu, de pé e de um só fôlego, mais de trinta poemas "numa especie de extase cuja natureza não conseguirei definir" (Pessoa, 2013a e 2016a, p. 646). Segundo o poeta, este foi o "dia triunfal da sua vida"; o dia em que, depois de começar a escrever sob o título de *O guardador de rebanhos*, alguém "surgiu" dentro

---

1 Pessoa apenas usou o termo "heterónimo" para três dos seus 136 autores fictícios. Veja-se o capítulo anterior.

dele, alguém a quem imediatamente chamou Alberto Caeiro: "Apparecera em mim o meu mestre. Foi essa a sensação immediata que tive" (Pessoa, 2013a e 2016a, p. 647). Para melhor compreendermos a complexidade desta afirmação, temos de ter em conta os seguintes factos: (a) que os únicos poemas do ciclo datados de 8 de março são os poemas I e II, e essa data simbólica só lhes foi atribuída retrospetivamente (figs. 16 e 17); (b) há uma série de "*early poems*"[2] datados de 4 de março de 1914; e (c) há um texto de cerca de 1929 que indica que o "dia triunfal" foi 13 de março de 1914 (Pessoa, 1966, p. 103).

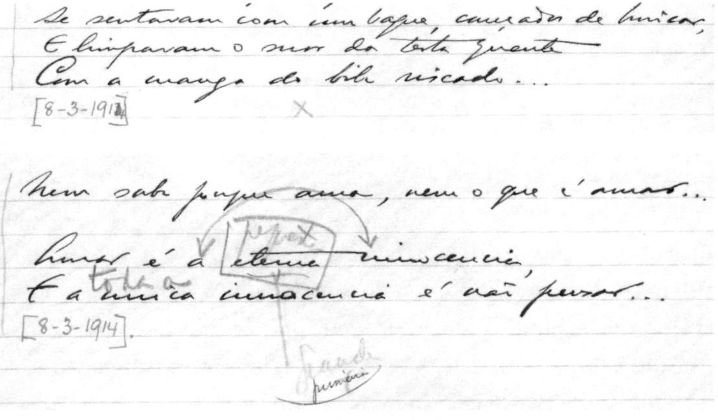

FIGS. 16 E 17. VERSOS FINAIS DOS POEMAS I E II (BNP/E3, 145-3^R E 145-4^R)

Até este ponto, poderíamos julgar que a discussão gira em torno da veracidade de certos factos: quando é que os poemas foram, realmente, escritos? Pessoa escreveu-os de pé? Quantos poemas escreveu nesse dia? Houve mais dias triunfais na vida de Pessoa?

---

2   No bifólio BNP/E3, 67-38|38a. O próprio Pessoa usou esta expressão ao referir-se a estes poemas no caderno BNP/E3, 145.

Começou logo a escrever sob o título *O guardador de rebanhos*? Caeiro poderá ser entendido como um autor desde o seu surgimento? Porém, a informação fatual não é fácil de verificar. O arquivo contradiz frequentemente as afirmações de Pessoa, e revela-se tão interessante investigar os casos em que tal acontece, como tentar compreender as razões por que Pessoa não narrou factualmente o surgimento de Caeiro. Ivo Castro é enfático quanto a este ponto: "Não há evidência para dizer que o título do ciclo, ou o nome de Caeiro, ou a ideia de ciclo, e menos ainda a sua arquitectura, tenham sido concebidos antes da escrita dos poemas, apesar dessa alegação fornecer em boa medida a substância do 'dia triunfal'" (em Pessoa, 2015a, pp. 11-12). Como podemos ver, o arquivo contradiz Pessoa, dando-nos razões para o desempoar; mas não seria possível argumentar que, de modo a criar o mito fundador do heteronimismo, e construir um Mestre com um grupo de discípulos (entre os quais figura ele próprio), Pessoa tinha de simplificar e ampliar o que realmente ocorreu em março de 1914? Afinal, não parece muito platónico rasurar, copiar, verificar e emendar, e não esqueçamos que Caeiro tem algo de mestre oral e de poeta espontâneo, o que ele próprio explica, dizendo: "Escrevo versos num papel que está no meu pensamento" (Pessoa, 2016b, p. 36). Caeiro satiriza o poeta artesão: "E ha poetas que são artistas | E trabalham nos seus versos | Como um carpinteiro nas taboas!..." (Pessoa, 2016b, p. 64).

*

O guardador de rebanhos, o principal livro de Alberto Caeiro, é, em alguma medida, um caderno, um objeto físico em que Pessoa reuniu os 49 poemas que fazem parte do ciclo, 23 dos quais foram publicados na *Athena*, revista que o poeta coeditou juntamente com Rui Vaz entre 1924 e 1925. Algum tempo depois, em 1931, o poema VIII surgiu na revista *Presença*. É difícil considerar *O guardador de rebanhos* como um livro completo, porque, se Pessoa o tivesse publicado em vida, ele teria certamente a forma de opúsculo, e porque aqueles que publicaram este potencial livro nem sempre tiveram acesso a todos os documentos que formam o seu *dossier* genético. O caderno que contém uma cópia completa do ciclo foi descoberto e publicado por Ivo Castro em 1986.[3] Esta descoberta surgiu depois da edição de 1946 de Luiz de Montalvor e João Gaspar Simões, intitulada *Poemas de Alberto Caeiro*, e da versão brasileira editada por Maria Aliete Galhoz, intitulada *Obra poética*, de 1960.

O texto que surgiu na *Athena* com as anotações de Pessoa (fig. 18) só foi conhecido e divulgado em 2008, na sequência da digitalização da biblioteca particular do autor, durante a qual se fotografaram muitos livros e revistas que permaneciam ainda na posse dos herdeiros do poeta. Na sua totalidade, esses livros e revistas nunca chegaram a ser doados ou vendidos à Casa Fernando Pessoa; na verdade, em 2008, a significativa cópia anotada da revista *Athena* foi leiloada.[4] Nesse momento, fotografaram-se também todos os livros e revistas que tinham sido doados à Casa Fernando Pessoa quinze anos antes, por ocasião da sua inauguração. As edições subsequentes da obra de Caeiro, primeiro *Poemas completos de Alberto Caeiro*, editada por Teresa Sobral Cunha em 1994, e depois *Poesia de Alberto Caeiro*, editado por Fernando Cabral Martins e Richard Zenith em 2001, foram preparadas sem ter em conta esse precioso exemplar da revista *Athena* e sem o conhecimento aprofundado da

---

3   Hoje pode ser consultado on-line: <https://purl.pt/1000/1/alberto-caeiro/guardador.html>.
4   Veja-se Pessoa (2016b, p. 379). A biblioteca particular de Fernando Pessoa está hospedada na Casa Fernando Pessoa. Neste equipamento, a 20 de maio de 2016, decorreu uma sessão para agradecer aos sobrinhos-herdeiros de Pessoa a doação tardia de 84 títulos da biblioteca particular que estavam em sua posse. Nessa ocasião, o exemplar da *Athena* não foi doado, pois já tinha sido leiloado.

biblioteca particular de Pessoa.[5] Em suma, o *dossier* genético de Caeiro permaneceu incompleto até 2008 e apenas em 2015 foi publicada a primeira edição crítica, por Ivo Castro, tornando enfim acessível um Caeiro mais fiável. Para editar *O guardador de rebanhos*, é fundamental ter o *dossier* completo (o caderno, as folhas soltas e os poemas publicados na *Athena* e na *Presença*), porque Caeiro é um autor híbrido e fantástico, metade manuscrito, metade impresso. Até 1986, Caeiro era conhecido como metade rascunhos antigos, metade impresso. Após 1986, tornou-se metade caderno, metade impresso. Desde 2008, metade caderno, metade impresso (com marginália). O próprio Caeiro afirma que nunca corrige o que escreve (Pessoa, 2016b, p. 325), mas, como foi mencionado, o arquivo vem contradizê-lo.

Ou vem contradizê-lo parcialmente, uma vez que Pessoa estabelece o ano da morte de Caeiro como 1915; terá escolhido essa data em 1916, após o suicídio do seu amigo Mário de Sá-Carneiro, a 26 de abril. E, porém, Pessoa continuou a escrever a poesia de Caeiro mesmo depois de 1915. Por outras palavras, se admitirmos as datas fictícias de nascimento (1889) e morte (1915) de Caeiro, então teria sido Pessoa, ou Pessoa *qua* Caeiro a corrigir alguns dos poemas de Caeiro. São fictícias não só as citadas datas, mas também algumas das datas dos seus dois ciclos principais: *O guardador de rebanhos* e *Poemas inconjuntos*. Ambos foram parcialmente publicados na *Athena* em 1925, o primeiro tal como se tivesse sido escrito entre 1911 e 1912 e o segundo como tendo sido escrito entre 1913 e 1915. Estas datas contradizem a ideia de ter existido um "dia triunfal" em 1914, que como hoje sabemos foi

---

5   Ver o livro *A biblioteca particular de Fernando Pessoa* (Pizarro, Ferrari e Cardiello, 2010) e a página *web*: <https://bibliotecaparticular.casafernandopessoa.pt/index/bibParticular.htm>. Um poema de Alberto Caeiro encontra-se manuscrito no livro *Pioneer Humanists* (1907), de John M. Robertson; cf. <https://bibliotecaparticular.casafernandopessoa.pt/1-129>.

o ano em que *O guardador de rebanhos* foi realmente composto, tal como Pessoa tornou oficial na sua correspondência com os editores da revista *Presença*, entre 1928 e 1935. Quando leu, em 1935, que Caeiro havia surgido a 8 de março de 1914 (Pessoa, 2013a e 2016a, p. 646), Adolfo Casais Monteiro poderia realmente ter perguntado a Fernando Pessoa por que razão *O guardador de rebanhos* vinha datado de 1911-1912 na revista *Athena* (1925). Ao que parece, a data fictícia da morte de Caeiro levou Pessoa, num primeiro momento, a adiantar as datas de composição de *O guardador* e *Poemas inconjuntos*. Mais tarde, a data de 1915 parece não ter causado problemas e Pessoa parece ter aceitado que Caeiro escreveu toda a sua obra em menos de um ano: entre março de 1914 e início de 1915 (janeiro, de acordo com um manuscrito em que o ano de nascimento de Caeiro é fixado como sendo 1887 e não 1889; fig. 19; Pessoa, 2016b, p. 297).

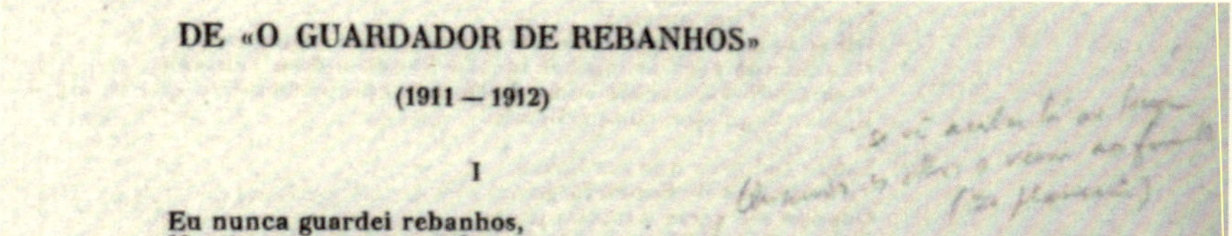
DE «O GUARDADOR DE REBANHOS»

(1911 — 1912)

I

Eu nunca guardei rebanhos,
Mas é como se os guardasse.
Minha alma é como um pastor,
Conhece o vento e o sol
E anda pela mão das Estações
A seguir e a olhar.
Toda a paz da Natureza sem gente
Vem sentar-se a meu lado.
Mas eu fico triste como um pôr de sol
Para a nossa imaginação,
Quando esfria no fundo da planicie
E se sente a noite entrada
Como uma borboleta pela janella.

FIG. 18. EXEMPLAR ANOTADO DA REVISTA *ATHENA* (CFP, 028MN)[6]

6 Cf. em <https://bibliotecaparticular.casafernandopessoa.pt/0-28>.

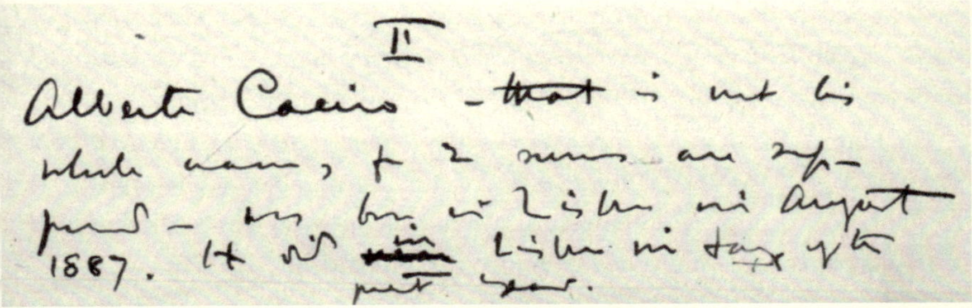

II
Alberto Caeiro — ~~that~~ is not his whole name, for 2 surnames are suppressed — was born in Lisbon in August 1887. He died ~~near~~ in Lisbon in January of the present year.

FIG. 19. "ALBERTO CAEIRO — THAT IS NOT HIS WHOLE NAME, FOR 2 SURNAMES ARE SUPPRESSED — WAS BORN IN LISBON IN AUGUST 1887. HE DIED ~~NEAR~~ IN LISBON IN /JANUARY/ OF THE PRESENT YEAR" (BNP/E3, 14B-12R; AS BARRAS OBLÍQUAS ASSINALAM UM SEGMENTO COM HESITAÇÃO DO AUTOR)

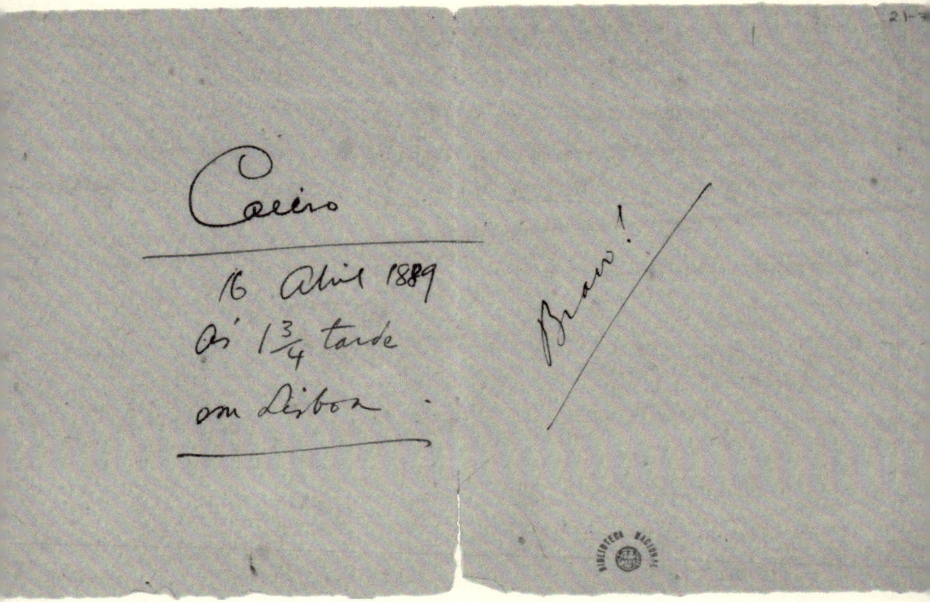

Caeiro
16 Abril 1889
ás 1 3/4 tarde
em Lisboa.

Bravo!

FIG. 20. "BRAVO!" POR ALBERTO CAEIRO (BNP/E3, 21-72R)

Como podemos verificar, as datas variam e demoram algum tempo a fixar-se de modo mais estável. Numa carta datada de 13 de janeiro de 1935, que Jorge de Sena apelidou de carta sobre a génese dos heterónimos, a data fornecida é o dia 8 de março. A mesma carta fornece-nos outros detalhes acerca de Caeiro, alguns deles validados e complementados por um horóscopo anterior e cálculos astrológicos. Temos, por exemplo, um pedaço de papel em que Pessoa escreve: "Caeiro 16 Abril 1889 ás 1¾ tarde em Lisboa. Bravo!" (fig. 20; Pessoa, 2011b, p. 71). Esta fonte de informação é muito mais precisa do que qualquer outra, visto que a carta de 1935 não nos indica o dia nem a hora do nascimento de Caeiro, o que também não é especificado no prefácio escrito por Ricardo Reis (fig. 21).

FIG. 21. PRIMEIRAS LINHAS DO PREFÁCIO DE RICARDO REIS (BNP/E3, 21-73ʳ)

Independentemente de Caeiro ter morrido em 1915 (não morreu certamente na alma de Pessoa, nem na de Álvaro de Campos, que viria ainda a escrever "Notas para a recordação do meu Mestre Caeiro"), a verdade é que a sua construção levou uma vida inteira, ou seja, pelo menos 21 anos (1914-1935). Se tivesse vivido mais de 47 anos (1888-1935), Pessoa teria seguramente continuado a desenvolver Caeiro e ter-lhe-ia conferido ainda maior densidade ficcional.

Agora que já temos uma visão mais abrangente de Caeiro, talvez seja interessante regressarmos ao momento da sua gestação, em março de 1914, de modo a observarmos mais atentamente quem foi ao certo esse pastor, ou guardador de rebanhos, em particular nos dias em que começou a escrever *O guardador de rebanhos*.

*

Os dois poemas que Pessoa indicou mais tarde terem sido escritos no dia 8 de março de 1914 são os dois primeiros do ciclo. Porém, esses dois poemas poderão ter sido escritos no dia 4 de março e no dia 8 de março, respetivamente, e pertencem, especialmente o primeiro, a uma série de "*early poems*". No caderno que contém uma cópia completa do ciclo, figuram pelo menos três "*early poems*", datáveis, que Pessoa hesitou em incluir no ciclo: o poema xvi (*c.* 4 de março de 1914), o poema xvii e o poema xviii (ambos de *c.* 7 de março de 1914). Estes poemas foram escritos ao longo de quatro dias; o poema xvi foi escrito no mesmo dia dos poemas i, xix, xxxv e xxxix (*c.* 4 de março de 1914); os poemas xvii e xviii têm a mesma data dos poemas xx, xxi, e xxii (*c.* 7 de março de 1914). Isto significa, pelo menos, que dez poemas foram escritos em dois dias, e que talvez entre os dias 5 e 6 outros dez terão sido escritos, e que possivelmente os mais de trinta poemas que Pessoa indicou, em 1935, terem sido escritos num só dia, poderão ter sido compostos ao longo de uma semana, entre os dias 4 e 11 de março de 1914 (sendo esta a data do poema xxvi). Neste sentido, Pessoa parece ter condensado num só dia uma série de acontecimentos que terão ocorrido ao longo de uma semana ou mais. Na realidade, torna-se cada vez mais comum ouvir os especialistas referirem-se a um "mês triunfal"!

O que é interessante acerca dos três poemas que Pessoa hesitou em incluir (e que não surgem na *Athena* em 1925) é o facto de se tratar de textos em que Caeiro está "doente", uma vez que o seu objetivismo surge mesclado de subjetivismo. O poema xv começa assim: "As quatro [↑ duas] canções que seguem" (Pessoa, 2016b, p. 49; cf. p. 399), introduzindo as três composições seguintes (xvi, xvii e xviii). Essas canções, diz Caeiro:

Separam-se de tudo o que eu penso,

Mentem a tudo o que eu sinto,

São do contrario do que eu sou...

Escrevi-as estando doente

E porisso ellas são naturaes

(Pessoa, 2016b, p. 49)

Logo desde o início, Pessoa projetou um pastor que adoeceria, mas não lhe deu logo um nome. Apenas imaginou um poeta ficcional que se manifestaria como um poeta saudável (quando de boa saúde) e como um poeta doente (quando a sua saúde declinasse). O poema XVII é particularmente significativo, porque acerca dele escreveu Pessoa: "Aqui, na poesia 17, é que colhemos em acção as influencias fundadoras de C[aeiro] — Cesario Verde e os neo-pantheistas portugueses. E o 7º verso é Cesario Verde puro. O tom geral podia quase ser de Pascoaes" (Pessoa, 2016b, p. 51). O Caeiro doente evocava o realismo de Cesário Verde, que Pessoa tanto admirava e que citou no seu *Livro do desassossego* (cuja primeira publicação portuguesa data de 1982); mas acima de tudo ele era o antagonista dos neopanteístas portugueses, cuja figura de proa era Teixeira de Pascoaes, de quem Caeiro diz numa entrevista: "Quando leio Pascoaes farto-me de rir. Nunca fui capaz de ler uma cousa d'elle até ao fim..." (Pessoa, 2016b, p. 234).[7]

---

7 Porém, em 1916, numa carta a um editor inglês, Pessoa escreveu: "If you can conceive a William Blake put into the soul of Shelley and writing through that, you will perhaps have a nearer idea of what I mean. This movement [Portuguese Saudosism] has produced two poems which I am bound to hold among the greatest of all time. Neither is a long one. One is the 'Ode to Light' of Guerra Junqueiro, the greatest of all Portuguese Poets [...]. The other poem, which certainly transcends Browning's 'Last Ride Together' as a love-poem, and which belongs to the same metaphysical level of love-emotion, though more religiously pantheistic, is the 'Elegy' of Teixeira de Pascoaes, who wrote it in 1905. — To this school of poets we, the 'sensationists', owe the fact that in our poetry spirit and matter are interpenetrated and inter-transcended.

Na verdade, Pessoa preferiu satirizar Pascoaes sem fazer com que Caeiro ficasse doente, mas apenas associando o pastor a uma poética da desaprendizagem. Num poema que foi publicado na *Athena*, escrito a 13 de Maio de 1914, escreveu: "Os poetas dizem que as estrellas são as freiras eternas | E as flores as penitentes convictas de um só dia", mas, no fundo, "as estrellas não são senão estrellas | Nem as flores senão flores, | Sendo por isso que as vemos estrellas e flores" (Pessoa, 2016b, p. 56).

Convém sublinhar que Pessoa, durante a sua vida, não revelou o pastor doente, nem o pastor amoroso, que começara a esboçar já em julho de 1914. O Caeiro panteísta e o Caeiro apaixonado são aspetos deste heterónimo que só foram descobertos postumamente. Conhecemos hoje textos de Caeiro que os contemporâneos de Pessoa desconheciam. Por exemplo, Pessoa publicou 41 poemas entre 1925 e 1931, e na edição de 2016 das *Obras completas de Alberto Caeiro* (publicadas pela Tinta-da-China) encontram-se 115 textos.

Pessoa escreveu, pelo menos, quatro poemas no dia 4 de março de 1914 (I, XIX, XXXV e XXXIX) e é até provável que tenha escrito mais. Ao examinarmos estes poemas, é fácil reconhecer que eles já pressagiavam o início de um ciclo poético: no poema I,

---

And we have carried the process further than the originators, though I regret to say that we cannot as yet claim to have produced anything on the level of the two poems I have referred to" [Se você conseguir conceber um William Blake dentro da alma de Shelly, e escrevendo por meio dela, talvez consiga ter uma ideia aproximada do que quero dizer. Esse movimento (o Saudosismo português) produziu dois poemas que não hesito em considerar os melhores de todos os tempos. Nenhum deles é longo. Um deles é 'Ode à luz', de Guerra Junqueiro, o maior de todos os poetas portugueses [...]. O outro poema, que certamente transcende 'Last Ride Together' de Browning como poema de amor, e que está no mesmo nível metafísico da emoção amorosa, ainda que mais panteísta em termos religiosos, é 'Elegia', de Teixeira de Pascoaes, que o escreveu em 1905. – Nós, os 'sensacionistas', devemos a essa escola de poetas o fato de nosso espírito e matéria poéticos serem interpenetrados e intertranscendentes. E levamos a questão mais longe que seus inventores, mesmo que, temo dizer, ainda não possamos alegar ter produzido algo no nível dos dois poemas a que me refiro" (trad. nossa)] (Pessoa, 2009b, pp. 402-403). Pessoa e Caeiro não partilham necessariamente da mesma opinião, na realidade sabe-se que Pessoa se sentiu incomodado ao escrever o poema VIII de *O guardador* (Pessoa, 2016b, p. 374).

o pastor já está presente, já se afirma que pensar "incomoda" e já se narra um típico caso de desdobramento: Caeiro vê-se a si próprio como um outro: "Olhando para o meu rebanho e vendo as minhas idéas, | Ou olhando para as minhas idéas e vendo o meu rebanho" (Pessoa, 2016b, p. 32). Para além disso, Caeiro manifesta o desejo de ser visto como um poeta espontâneo, "qualquer cousa natural" (Pessoa, 2016b, p. 33). O poema xix é uma das canções escritas quando Caeiro estava doente, trata-se de uma evocação subjetiva acerca do efeito que o luar, ao iluminar a erva, tem sobre o poeta. O poema xxxv é quase uma reação ao anterior. O luar ressurge, não para acordar memórias (de uma velha criada), mas para que aflore a poética objetivista de Caeiro:

> O luar atravez dos altos ramos,
> Dizem os poetas todos que elle é mais
> Que o luar atravez dos altos ramos.
>
> Mas para mim, que não sei o que penso,
> O que o luar atravez dos altos ramos
> É, além de ser
> O luar atravez dos altos ramos,
> É não ser mais
> Que o luar atravez dos altos ramos.
>
> (Pessoa, 2016b, pp. 63-64)

Todo o Caeiro está condensado nestes versos e na sua reação contra a poesia místico-panteísta, de ascendência romântica e de pretensões nacionalistas (como o Saudosismo). O poema xxxix vem apenas confirmar-nos que a 4 de março de 1914 já existia um pastor e que Pessoa já encontrara a sua poética. O poema termina com estes dois versos: "As cousas não teem significação:

teem existencia. | As cousas são o unico sentido occulto das cousas" (Pessoa, 2016b, p. 66). Nalguns textos escritos em inglês, com vista à divulgação da obra de Caeiro na Europa, Pessoa traduziu estes versos: "Things have no meaning: things have existence | Things therefore are the only occult meaning of things" (Pessoa, 2016b, p. 258), apresentando-os como a síntese do pensamento de Caeiro.

Independentemente do dia exato e do grau de triunfalismo desse dia, certo é que Caeiro surgiu, ao mesmo tempo, como uma surpresa e uma notável conquista. Os primeiros poemas revelaram algo de novo a Pessoa: um objetivismo que ele descreveria como pagão e que o levaria a exclamar que Pã havia renascido. Isso permitiu-lhe elaborar a figura desse pastor rodeado por "Toda a paz da Natureza sem gente" (Pessoa, 2016b, p. 31).

*

Pessoa deverá ter experienciado algo semelhante a um dia triunfal ou uma série de dias triunfais no início de março de 1914. O dia exato não é realmente importante, e ele estava ciente disso. A sua principal missão era conceber Caeiro e, depois de Caeiro, os outros dois heterónimos, Ricardo Reis e Álvaro de Campos. Pessoa descreve a criação da "coterie" de heterónimos como um processo que implicava pôr "aquillo tudo em moldes de realidade". Logo a seguir explica: "Graduei as influencias, conheci as amisades, ouvi, dentro de mim, as discussões e as divergencias de critérios" (Pessoa, 2013a e 2016a, p. 647). No caso específico de Caeiro, que surgiu antes de Reis e de Campos (o que explica o facto de ser tão difícil a atribuição de alguns poemas a Caeiro ou a Campos, por exemplo), Pessoa tentou reproduzir as estratégias de Walt Whitman para tornar a sua criação "real". Quando concebeu um ambicioso plano para apresentar e publicar a obra de Caeiro em vários países da Europa, Pessoa deverá ter tido em conta as *"anonymous notices"* e as *"self-reviews"* que Bliss Perry refere em *Walt Whitman: His Life and Work* (1906), que é um dos livros mais marcados da sua biblioteca:

> Ao longo de sua carreira como poeta, [Whitman] não teve escrúpulos quanto a escrever notas anônimas laudatórias a seu respeito e enviar para os jornais. [...] Já se insistiu que essa defesa anônima de *Folhas de relva* teve como origem os ataques grosseiros contra ele, mas o fato de ao menos três desses artigos elaborados terem saído quase imediatamente depois da publicação do livro indica que eles faziam parte de uma campanha intencional. Acreditando absolutamente em si mesmo e no livro, ele formou uma opinião ampla e pouco convencional sobre a publicidade envolvida nisso.
>
> (Perry, 1906, pp. 105-106, trad. nossa)

Perry menciona as recensões que Whitman publicou em três jornais: *United States Review*, *Brooklyn Daily Times* e *American Phrenology Journal*. Pessoa, quando planeava "lançar" a obra de Caeiro, não foi menos assertivo:

Um grande poeta materialista
(Alberto Caeiro)

Entre o grande numero de casos curiosos que existem na literatura, o caso de Alberto Caeiro é dos mais curiosos.

Alberto Caeiro:
Seculo — art[igo] do Sá Carneiro.
Montanha — art[igo] do Ribeiro Lopes (?)
El Tea — artigo do A[lfredo] P[edro] Guisado.

(S. Miguel) — art[igo] do Côrtes-Rodrigues.

Economia — art[igo] do Carvalho Mourão (?)

A Aguia — art[igo] de F. Pessoa.

O Mundo — ver se se obtem Santos-Vieira.

(pelo lado anti-clerical ◊)

A Republica — pelo Boavida Portugal.

(Torres de Abreu talvez consiga qualquér cousa. Se Albertino
da Silva pudesse fallar, mesmo que atacasse!)

(Pessoa, 2016b, p. 223)

E o plano passa de português para inglês e de autores concretos
(e reais) para autores futuros (Thomas Crosse, um autor fictício,
que viria a receber a encomenda de prefaciar a versão inglesa da
poesia de Caeiro, tal como Ricardo Reis seria incumbido de es-
crever o prefácio à versão portuguesa):

In England:

T. P.'s Weekly — page article

English (or another) *Review* — big article

Preface to translation

France: Art[icle] in Mercure de France

Pref[ace] to translation.

Spanish: (through Guisado)

    & perhaps Renascimento.

Italian: ◊

German: ◊

(Pessoa, 2016b, pp. 223-224)

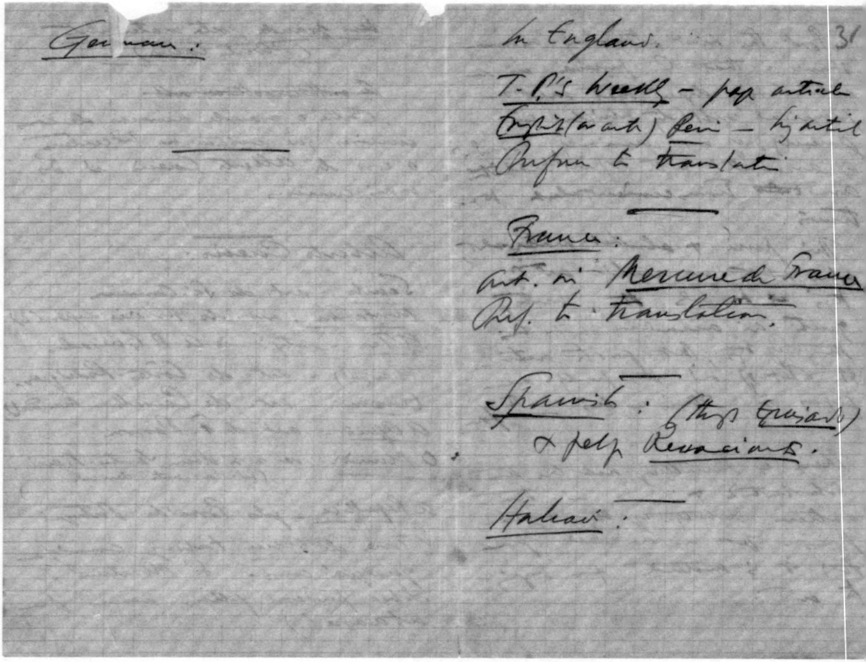

German:

In England:

T. P.'s Weekly – pop. article

English (or art.) Review – big article

Preface to translation

France:

art. in Mercure de France

Pref. to translation.

Spanish: (these Ensayos)

& perhaps Renacimiento.

Italian:

FIG. 22. PROJETANDO A DIVULGAÇÃO DE ALBERTO CAEIRO (BNP/E3, 14B-16[v])

Tal como aconteceu com outros planos, Pessoa não chegou a concluir este (fig. 22), nem no papel, nem na prática. Mas, pelo menos, chegaram até nós muitos dos fragmentos do artigo que Pessoa projetou publicar na revista *Águia*, bem como esboços dum artigo que seria enviado para Inglaterra e fragmentos do prefácio à tradução inglesa. Pessoa poria termo à sua relação com a revista *Águia* no dia 12 de novembro de 1914 (com uma carta a Álvaro Pinto).[8] O lançamento de Caeiro na Europa permaneceu

8 Para Pessoa, havia um conflito de interesses "radical e inevitavel" entre o espírito que originou o Saudosismo e o que produziu obras como a sua e a de Mário de Sá-Carneiro; veja--se Pessoa (2009b, p. 23).

como uma promessa incumprida, mas uma estratégia fora já delineada e, algum tempo mais tarde, a sua celebridade viria a ser assegurada pelo aparecimento de Ricardo Reis, Álvaro de Campos, António Mora e Thomas Crosse. Pessoa não apresentou Caeiro publicamente até 1925, com a publicação de uma parte da sua obra na revista *Athena*, mas ele e todos os seus outros "eus" vinham falando sobre o Mestre desde 1914. Bernardo Soares chega a citá-lo no *Livro do desassossego*.[9] Antes de revelar alguns dos poemas de Caeiro, Pessoa já estava bem familiarizado com *O guardador*, e já o conhecia há muitos anos, mesmo antes da sua morte prematura.

*

Seria impossível comentar aqui todos os textos que Pessoa escreveu acerca de Caeiro, quer em nome próprio, quer anonimamente ou mesmo sob outras identidades. Certo é que Caeiro deveria ser autor de um só livro central (*O guardador*, à imagem da edição dos Penny Poets de *Folhas de relva*),[10] mas também a inspiração para o movimento neopagão português, enquanto catalisador que acordara outras almas adormecidas (Reis e Campos), ao mesmo tempo que se esperava que surgisse como uma grande e inesperada revelação literária. Enquanto tal, Caeiro é tanto o autor de dois ou três ciclos poéticos, como a figura forjada por outros, num infinito jogo de espelhos.

Mais do que o "milagre" ocorrido em 1914, ainda que também o tenha sido, Caeiro é a figura que Pessoa concebeu ao longo de toda

---

9   Ver especialmente o fragmento que começa: "Releio passivamente, recebendo o que sinto como uma inspiração e um livramento, aquellas phrases simples de Caeiro" (Pessoa, 2014a, p. 295).
10   Cf. Whitman (1895) e Ferrari (2011, pp. 45-46).

a sua vida e que continuava delineando em 1935, pouco antes da sua morte. Neste sentido, estamos perante um Caeiro que nos desafia sincronicamente, aquele que encontramos quando lemos os seus poemas sem pensarmos nas datas; e um outro Caeiro que nos desafia diacronicamente, à medida que tentamos seguir o rastro do seu processo de conceção e das suas diversas expressões de acordo com uma temporalidade. Um texto afirma que Caeiro nasceu em 1887, mas há outros textos que asseguram que nasceu em 1889. Do mesmo modo que existe o Caeiro de Ricardo Reis e o Caeiro de Álvaro de Campos, e são muito diferentes. Ler Caeiro sincrónica e diacronicamente, lê-lo segundo a perspetiva de uma personagem ou a perspetiva de várias personagens, pode enriquecer muito a nossa interpretação. Esta multiplicidade é uma das mais significativas conquistas de Pessoa. Podemos ler Caeiro enquanto autor canonizado; mas também podemos lê-lo como um *work in progress*, construído a partir do que Pessoa escreveu *qua* Caeiro e a partir do que os outros "eus" pessoanos disseram sobre o seu Mestre. Tal como declarou um dia Walter Gabler:

Nenhuma criação da mente humana salta instantaneamente à vida e à perfeição sem revisão. Preservados ou não, sempre deve ter havido estados textuais distintos, em sucessão temporal, de uma composição literária. Por isso pode-se dizer que a obra contém todos os seus estados textuais autorais. Por essa definição, a obra adquire um eixo e uma extensão no tempo, desde o primeiro rascunho até a revisão final. Seu texto completo se revela uma estrutura diacrônica, relacionando as distintas estruturas sincrônicas reconhecíveis, das quais aquela que se vê publicada é apenas uma, e não necessariamente a melhor delas. Trata-se, portanto, de um sistema cinético de significado.

(Gabler, 1984, p. 309, trad. nossa)

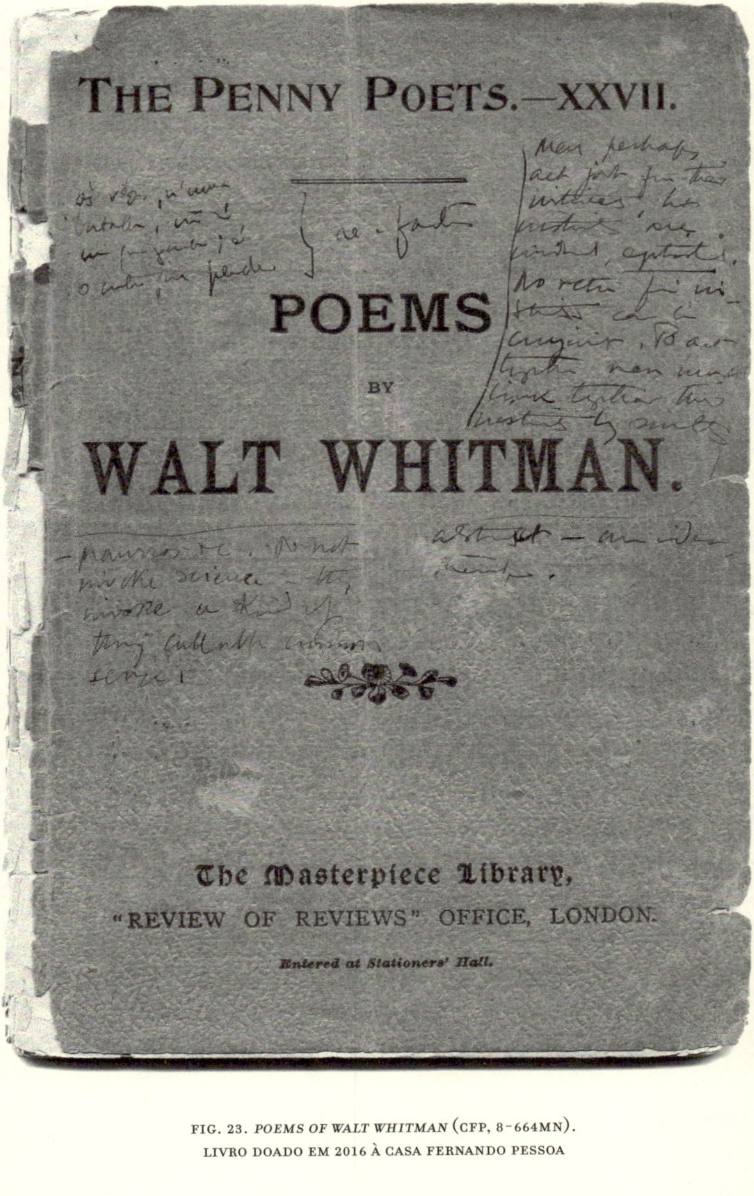

FIG. 23. *POEMS OF WALT WHITMAN* (CFP, 8-664MN).
LIVRO DOADO EM 2016 À CASA FERNANDO PESSOA

Estamos tão acostumados a ler os autores como entidades fechadas, que eu entendo Caeiro como um convite a descobrir o conceito de "autor aberto", ou seja, de um autor construído no tempo e pelos outros (entre os quais nos incluímos nós, os seus leitores). O Caeiro da *Athena* não é o mesmo que o nosso Caeiro, e ele será sempre tão múltiplo quanto os seus múltiplos leitores. No centro radiante da constelação pessoana encontramos um Mestre também ele plural, que se alterou com a passagem do tempo. Pessoa tentou fixá-lo "em moldes de realidade" e falhou parcialmente, pois não acabou de o fazer. Mas o seu logro é também uma conquista, porque podemos hoje conhecer Caeiro enquanto autor de uma obra ficcional estática e estável (descrita em títulos como *Poemas completos* ou *Obra completa*), mas também enquanto entidade fluida e aberta (descrita em títulos como *Poemas inconjuntos* ou *Andaime*). Caeiro é Caeiro, mas é também aquele em que Caeiro se foi transformando ao longo do tempo e do seu diálogo com outras criaturas imaginárias, tal como uma personagem teatral. Com Pessoa, acercamo-nos do "sujeito idêntico, permanente, substancial" (Constâncio, 2016, p. 163) da filosofia cartesiana, mesmo quando é um pastor quem nos diz que as estrelas não são senão estrelas.

6. ÁLVARO DE CAMPOS

O editor de Fernando Pessoa ou de "Fernando Pessoa & Cª Heterónima" — para evocar o título de um livro de ensaios de Jorge de Sena — é, com frequência, o editor das obras conjeturais de uma série de figuras imaginárias. Assim, quem publica a poesia ou a prosa de Alberto Caeiro, Ricardo Reis ou Álvaro de Campos, ou a obra de António Mora ou de Jean Seul de Méluret, ou o livro de Vicente Guedes e de Bernardo Soares, entre outros, publica os textos que conjetura serem atribuíveis a essas figuras que Pessoa confecionou sob a forma de "pessoas-livros".[1] Mas em que critérios baseia o editor a sua conjetura? A esta questão serão dedicadas as páginas seguintes, nas quais vou citar alguns textos do espólio pessoano em que o nome de um autor está ausente — mais de 90% do total —, e não aqueles outros textos em

---

[1]   Cf. esta passagem de um texto intitulado *Aspectos*, espécie de prefácio às obras de Caeiro, Reis, Mora *et al.*: "A dentro do meu mester, que é o litterario, sou um profissional, no sentido superior que o termo tem; isto é, sou um trabalhador scientifico, que a si não permitte que tenha opiniões extranhas á especialização litteraria, a que se entrega. E o ter nem esta, nem aquella, opinião philosophica a proposito da confecção d'estas pessoas-livros, tampouco deve induzir a crer que sou um sceptico" (Pessoa, 2010, tomo 1, p. 447; BNP/E3, 20-73).

que o nome de um autor está presente — menos de 10% do total —, já que os primeiros deixam a questão da autoria em aberto e costumam gerar muito mais equívocos. Tal não significa que os textos assinados ou dotados de um nome de autor (manuscrito ou datilografado) não gerem equívocos — basta lembrar o equívoco que gerou o nome de Coelho Pacheco, por exemplo (a este respeito, ver Galhoz, 2007; Lopes, 2011a e 2011b). Quer apenas dizer que os textos sem assinatura ou sem um nome de autor, isto é, os textos em que a autoria não é explícita, tendem a gerar muitos mais mal-entendidos; nomeadamente quando esses textos fazem parte de um espólio "plural como o universo",[2] isto é, de um espólio múltiplo ou "cheio de gente",[3] como Antonio Tabucchi se referiu ao baú pessoano. Porque o afirmo? Porque se, no espólio de um escritor x encontrarmos um texto não assinado, podemos sempre deixar em *stand by* a plena certeza acerca da autoria, até não nos restarem mais dúvidas; já se no espólio de Pessoa localizarmos um texto sem assinatura, temos, à partida, de estar munidos da mesma dúvida metódica, mas, além disso, de conceber um número de "suspeitos" muito mais elevado do que a média, porque o autor do texto pode ser Fernando Pessoa, ou outra pessoa real (como Coelho Pacheco), ou uma das dezenas de pessoas inventadas por Pessoa. O espólio pessoano é uma autêntica mascarada, um elenco de máscaras fabricado por uma pessoa cujo apelido, etimologicamente, significa "máscara". Daí que seja tão difícil destrinçar as "obras ortónimas" das "obras heterónimas" e construir as obras individuais das muitas (quantas, verdadeiramente?) personagens ideadas por Fernando Pessoa.

---

2   Cf. a frase "Sê plural como o universo" (Pessoa, 1966, p. 94; BNP/E3, 20-68ʳ), recentemente referida no título a uma antologia bilingue de textos sobre os heterónimos: *Plural como el universo* (2012a).
3   Cf. o título do livro de Antonio Tabucchi, *Un baule pieno di gente* (1990).

Ora, em que critérios baseia um editor a sua conjetura acerca da autoria de um texto? Será que os mesmos critérios que servem para defender que um autor real é autor de um determinado texto servem também para defender que um autor fictício o seja? Para responder à primeira pergunta, que se poderia desdobrar na segunda e em muitas outras, vou propor uma distinção entre conjetura baseada num testemunho e conjetura baseada no engenho. Esta distinção deriva de uma outra mais clássica: em crítica textual, distingue-se a emenda que um editor faz baseando-se num testemunho textual, da emenda que poderá também fazer na ausência deste, baseando-se exclusivamente no seu juízo crítico (*emendatio ope codicum* vs. *emendatio ope ingenii*). Com esta distinção não pretendo sugerir que a atribuição seja uma qualquer forma de emenda — embora possa ser vista como tal —, mas que a atribuição de um texto pode também basear-se num testemunho ou no engenho. Assim, um editor pode atribuir um texto a Pessoa ou a Pessoa/Search, por exemplo, se existem dois ou três testemunhos do mesmo texto e em pelo menos um deles estiver inscrito o nome de Pessoa ou de Search; por outro lado, pode ainda arriscar essa atribuição baseando-se na sua inteligência crítica, se todos os testemunhos ou o único testemunho disponível carecerem de uma assinatura ou de um nome de autor. De alguns poemas de Alexander Search, existem, de facto, múltiplos testemunhos, sendo que em pelo menos um deles consta o nome do autor no cimo ou no fundo da página, o que permite atribuir, com relativa segurança, esses poemas a Search a partir de apenas um deles. Todavia, muitos outros poemas de Search — que foram conservados num ou vários testemunhos — existem sem a "abertura" ou o "fecho" de uma assinatura ou de um nome de autor, o que obriga, em princípio, a que seja o engenho do editor a sustentar e decidir essa atribuição. Esta última situação é, sem dúvida, a mais espinhosa. Se o editor localiza pelo menos uma vez o nome de Search no testemunho de um texto, a atribuição é relativamente pacífica; e digo relativamente, porque no caso de Alexander Search, herdeiro de Charles Robert Anon, poder-se-á encontrar o mesmo poema assinado por Search e por Anon. Mas se o editor não localizar o nome de Search uma única vez no testemunho ou testemunhos de um poema, em que critérios poderá basear a sua conjetura sobre a autoria do texto?

Antes de continuar, convém esclarecer que Pessoa não mudava de letra quando escrevia um texto ortónimo ou heterónimo, e que, num sentido material ou paleográfico, um texto de Search é também um texto de Pessoa/Search, pois o autor fictício e o autor real escreviam da mesma forma e, por assim dizer, com a mesma caneta. Isto é importante porque, quando se atribui um texto a Alexander Search, também se o atribui, indiretamente, a Fernando Pessoa. O que isto indica é que, no caso do espólio pessoano, depois de "autenticar" ou reconhecer como verdadeiro um autógrafo, a questão da autoria ainda não está totalmente resolvida, porque falta estabelecer se o texto foi escrito por Pessoa para ser assumido pelo próprio autor (ortónimo), ou por Pessoa para ser assumido por outro autor (heterónimo). E esta questão não é totalmente pacífica, porque frequentemente acontecia o próprio Pessoa não saber à partida quem era ou podia ser o autor do que estava a escrever, já que a despersonalização é um processo e a atribuição de um texto a um autor fictício costuma ser um dos resultados mais importantes da própria escrita que não chega a ser concludente. Um texto pode ficar na "fronteira" Search/Pessoa, por exemplo, fronteira que, aliás, era muito porosa, posto que Pessoa só se diferencia realmente de Caeiro, Campos e Reis, e não tanto — ou não muito — de Search ou de outras figuras, tais como Seul, Mora, Guedes ou Soares.

Estes esclarecimentos permitem-nos evocar um dos textos mais célebres de Pessoa, em que este confessa as limitações do seu discernimento espiritual:

Ha accidentes do meu distinguir uns de outros que pesam como grandes fardos no meu discernimento[4] espiritual. Distinguir tal composição musicante de Bernardo Soares de uma composição[5] de egual theor que é minha......

Ha momentos em que o faço repentinamente, com uma perfeição de que pasmo; e pasmo sem immodestia, porque, não crendo em nenhum fragmento de liberdade humana, pasmo do que se passa em mim como pasmaria do que se passasse em outrem — em dois extranhos.

Só uma grande intuição pode ser bussola nos descampados da alma; só com um sentido que usa da intelligencia, mas se não assemelha a ella, embora nisto com ella se funda, se pode distinguir estas figuras de sonho na sua realidade de uma a outra.

(Pessoa, 2010, tomo 1, p. 456; 2014a, pp. 528-529; cf. fig. 15)

A obra pessoana está, portanto, entre as obras mais importantes do século xx, e não só no que respeita à reformulação da questão da atribuição literária. É importantíssima não tanto porque textos de outros autores (Pacheco, Kamenesky, Wilde, Espanca, Leal) já chegaram a ser erroneamente atribuídos a Pessoa,[6] ou porque existam muitos textos apócrifos na internet,[7] mas porque dentro da obra

4 "Descernimento", no original.
5 "Compoisção", no original.
6 Sobre José Coelho Pacheco, ver Galhoz (2007), Lopes (2011a e 2011b); sobre Eliezer Kamenesky, ver Castro *et al.* (1992); sobre Oscar Wilde, ver Zenith (2008), Pizarro (em Pessoa, 2010, tomo 2, pp. 540-541) e Uribe (2016); sobre Florbela Espanca, ver Pizarro (2012b) (*apud* Dal Farra, 1997); sobre Raul Leal, ver Gomes (1969) e Pizarro (2012b).
7 Lembro que Cleo Pires, uma atriz brasileira, apareceu na edição de agosto de 2010 da revista *Playboy* com uma tatuagem na parte lateral da coxa de um suposto texto pessoano, que começava

pessoana há espaço para dezenas de autores, porque esses autores algumas vezes "cederam" os seus textos a outros, porque Pessoa nem sempre chegou a distinguir umas "figuras de sonho" de outras, porque a maior parte dos autógrafos pessoanos não tem uma assinatura ou um nome de autor, porque alguns textos têm revelado um "carácter migratório",[8] sendo publicados quer num livro, quer noutro,[9] e porque, em geral, a construção póstuma da obra pessoana tem dependido imenso de atribuições póstumas. Portanto, esta obra é, a meu ver, a mais idónea para revisitar a questão da atribuição literária. (Sobre as mudanças que sofreram algumas atribuições, veja-se o Anexo, na p. 122.)

Para além disso, devemos focar a dimensão ficcional do "drama em gente".[10] A obra de Fernando Pessoa é "toda uma literatura",[11]

"Há um tempo em que é preciso abandonar as roupas usadas". *Veja-se:* "cleo-pires-na-playboy--uma-tatuagem", em <http://umfernandopessoa.blogspot.com.co/>, e "sobre-os-textos-apcrifos--de-fernando", na mesma página. Consulte-se também a informação existente sobre a letra da canção "Amigo aprendiz", que foi selecionada pela revista norte-americana *The Atlantic* como uma das doze melhores baladas a ouvir em 2012; o autor é José Fernandes de Oliveira, conhecido como Padre Zezinho, e não Fernando Pessoa. No Facebook existe uma página intitulada justamente "apocrifosdefernandopessoa".

8   Esta expressão é utilizada em Pizarro (2012a). Lembro o texto de apresentação que escrevi para um capítulo do volume *Sensacionismo e outros ismos* (2009b, p. 103): "Os seis poemas interseccionistas da série 'Chuva Obliqua' foram inicialmente atribuídos a Alberto Caeiro (48-27[r]; ver 'Projectos'); pouco depois a Álvaro de Campos (carta de 4-10-1914 a Côrtes-Rodrigues; ver 'Correspondência'); e finalmente a Fernando Pessoa, que assim os publicou em *Orpheu*, n. 2. Aí surgiram datados de 8 de Março de 1914, isto é, com a data que Pessoa daria mais tarde — não sem hesitações prévias — ao célebre 'dia triumphal'." Os poemas de "Chuva Oblíqua" também foram atribuídos por Fernando Pessoa a Bernardo Soares; cf. Pessoa (2010, tomo 2, p. 452).

9   Cf. "Os editores [de Fernando Pessoa] nem sempre resolveram da mesma maneira as situações de autoria indefinida, uma vez que toda atribuição póstuma depende uma interpretação prévia, mais ou menos subjetiva. Assim, o texto do prólogo que começa com 'Pediram-me os parentes de Alberto Caeiro' [52A-37 e 38] foi atribuído a António Mora em 1990 (*Pessoa por conhecer*), a Ricardo Reis em 1994 (*Poemas completos de Alberto Caeiro*), de novo a Mora em 2002 (*Obras de Antonio Mora*), e outra a vez a Reis em 2003 (*Prosa*)" (Pizarro, 2012a, p. 60, trad. nossa).

10   Esta expressão encontra-se na "Tábua bibliográfica" (1928), publicada na revista *Presença*, n. 17.

11   Cf. "Mantenho, é claro, o meu proposito de lançar pseudonymamente a obra Caeiro-Reis--Campos. Isso é toda uma literatura que eu creei e vivi, que é sincera, porque é sentida, e que constitue uma corrente com influencia possivel, benefica incontestavelmente, nas almas dos outros" (Pessoa, 2009b, p. 356; cf. p. 576).

que nos faz lembrar os versos de Jorge Luis Borges: "Deus move o jogador, e este, a peça. | Que deus detrás de Deus o ardil começa | de pó e tempo e sonho e agonias?" (2013, p. 20). Admitindo que Fernando Pessoa criou Alberto Caeiro, e que Alberto Caeiro se tornou o mestre de Pessoa,[12] foi Pessoa Deus, jogador ou peça? Ou foi, então, todos eles, como na célebre peça de Luigi Pirandello? E, se foi todos e nenhum, como editar, partindo das arcas de Nenhum, as obras de Todos? E como distinguir as obras alheias das obras próprias, se o próprio Pessoa não chegou a fazê-lo e talvez nunca pudesse tê-lo feito? Ontologia e filologia não estão muito distantes, quando pensamos a obra pessoana, e este é um dos seus inegáveis fascínios.

Mas fiquemos pela filologia e vejamos alguns casos concretos.

Quando editava, com Antonio Cardiello, a *Prosa de Álvaro de Campos*, perguntei a vários colegas que textos do espólio de Fernando Pessoa achavam atribuíveis a Álvaro de Campos; e durante algum tempo troquei e-mails com vários deles para discutirmos as atribuições propostas, que às vezes partiam de uma "grande intuição", como sugere o apontamento de Pessoa, mas que se baseavam menos nessa intuição do que em argumentos. Afinal, contra-argumentar é mais fácil do que rebater intuições. Lancei esse repto, mas lancei-o depois de nos termos familiarizado com os textos em que a atribuição a Campos era mais explícita ou pacífica. Isto é, glosando o título de um poema na "fronteira" Reis/Campos, intitulado (por Pessoa? pelos editores da Ática?) *Clearly non-Campos*,[13] lancei o repto de procurar o *Maybe Campos* depois de

---

12 Cf. "Foi o dia triumphal da minha vida, e nunca poderei ter outro assim. Abri com um titulo, 'O Guardador de Rebanhos'. E o que se seguiu foi o apparecimento de alguem em mim, a quem dei desde logo o nome de Alberto Caeiro. Desculpe-me o absurdo da phrase: apparecera em mim o meu mestre. Foi essa a sensação immediata que tive" (Pessoa, 2013a e 2016a, pp. 646-647).

13 Sobre este poema já escreveram páginas muito interessantes Maria Irene Ramalho (2003, pp. 260-264) e David Jackson (2010, pp. 84-85). Jackson lembra que a Equipa Pessoa incluiu

ter estabelecido o *Clearly Campos*. E durante algum tempo discutimos se certos textos eram *Clearly*, *Clearly non*, ou *Maybe Campos*. Esta poderá parecer uma tarefa pouco "científica", mas, de facto, ontologia e filologia são indissociáveis, quando o que desejamos é pensar Pessoa. O próprio Pessoa deixou algumas atribuições em aberto. No cabeçalho do primeiro texto do espólio pessoano, lê-se: "A[lvaro] de C[ampos] (?) ou L[ivro] do D[esasocego] (ou outra cousa qualquer)" (Pessoa, 2010, tomo 1, p. 475). Afinal, a atribuição autoral nunca foi uma questão de ordem meramente científica. Foi a minha experiência enquanto editor da *Prosa de Álvaro de Campos* que me levou a escrever estas páginas e é essa experiência que espero que contribua para responder à pergunta inicial: em que critérios baseia um editor a sua conjetura sobre o autor de um texto?

Acrescento mais uma breve observação, antes de avançar: o esquema referido — *Clearly Campos*, *Clearly non-Campos* e *Maybe Campos* [Claramente Campos, Claramente não Campos e Talvez Campos] — é, na verdade, um esquema que se pode aplicar a qualquer autor (podemos imaginar um *Clearly Guedes*, *Clearly non-Guedes* e *Maybe Guedes*, tal como outros) e é um esquema que já foi adotado, com variações, em certas edições. Assim, tanto Cleonice Berardinelli, como Teresa Rita Lopes, embora discordem acerca de várias atribuições, separam alguns poemas do núcleo "forte" de Campos, por motivos diversos. Berardinelli separa os poemas com atribuição dos poemas sem atribuição; Lopes, por sua vez, reúne-os, quase no que se poderia denominar uma angústia da atribuição, mas deixa, por

---

o poema na produção de Campos, mas Teresa Rita Lopes rejeitou essa semiatribuição ("semi", porque está numa secção especial do volume). Para Jackson o poema ilustra "muitas das interseções problemáticas entre *self*, estilo de escrita e identidade literária" (2010, p. 84, trad. nossa), já que as primeiras onze linhas do poema parecem de Álvaro de Campos, ou Fernando Pessoa, mas as últimas seis parecem de Ricardo Reis.

exemplo, em *postscriptum*, seis poemas que Pessoa teria composto "na pele de Campos" (Lopes em Pessoa, 2002a, p. 41). A meu ver, muitas edições pessoanas, no futuro, terão de ter uma secção como esta, não porque Pessoa entre com frequência "na pele de Campos", ou de uma outra figura, mas porque os textos que não têm uma atribuição exata poderão sempre ser ou não atribuíveis a uma determinada figura, ou estarem ou não na fronteira entre dois ou mais universos. Falamos de figuras ou obras, porque um texto pode ser atribuído a um autor e/ou a uma obra. Assim, na edição crítica do *Livro do desasocego*, separam-se os textos atribuíveis ao *Livro* — que teve pelo menos três autores: Pessoa, Guedes e Soares — dos textos não atribuíveis ao *Livro*, e os "Textos com destinação múltipla" (como aquele encabeçado por "A. de C. (?) ou L. do D. (ou outra cousa qualquer)" (Pessoa, 2010, tomo 1, p. 475), dos "Textos sem destinação certa", que tanto poderiam ter entrado ou não no *Livro*, duas conjeturas impossíveis de verificar. Nunca saberemos que fragmentos iriam compor o *Livro*, porque se trata de uma obra que Fernando Pessoa nunca chegou a confecionar. Se o tivesse feito, teria tido de incluir alguns excertos e excluir outros, duas tarefas que hoje realizam os seus editores com acidentes que também lhes pesam "como grandes fardos no [s]eu discernimento espiritual".

No caso da *Prosa de Álvaro de Campos* — que se pode estender a outros casos —, o motivo pelo qual lancei o repto de procurar o *Maybe Campos*, depois de ter estabelecido o *Clearly Campos*, foi muito simples. Primeiro, era necessário que nós, os editores, nos familiarizássemos muito bem com o que era com certeza Campos, antes que pudéssemos sugerir o que talvez fosse e o que definitivamente não era Campos. E quando digo que era preciso que nos familiarizássemos muito bem com o que era Campos, sem sombra de dúvida, não digo Campos apenas enquanto prosador, digo Campos enquanto escritor. Explico: a unidade de Campos não está dada apenas pelo conjunto de textos em que o seu nome figura antes ou depois de um texto (nos quais o nome Campos funciona como um paratexto), porque, nesse caso, bastaria reunir o que Pessoa deixou devidamente identificado. Tal é necessário, mas não é suficiente, porque nem todo o Campos se encontra devidamente identificado. A unidade de Campos também não reside apenas no conjunto de textos que conformam o *dossier* genético de uma obra como o *Ultimatum*, por exemplo, porque então bastaria reunir todo o material preparatório dessa obra, o que é necessário, mas não suficiente, visto ser também preciso estabelecer a partir de que momento Campos se tornou autor de uma dada obra, o que pode não ter sido imediato, atendendo a que as atribuições, tal como as assinaturas, costumam ser um gesto retrospetivo. A unidade de Campos também nos é dada pelo tempo e pela língua, porque se trata de uma figura que só terá surgido e só começou a escrever por volta de 1914, embora tenhamos também de desconfiar de muitas das datas inventadas e fornecidas por Pessoa (Caeiro não deixou de escrever, por exemplo, depois da sua suposta morte em 1915...). Por fim, a unidade de Campos também nos é facultada pela materialidade dos suportes, embora Pessoa tenha feito uso dos mesmos suportes materiais para compor textos de diversos autores. Contudo, é neste último sentido que afirmo ser necessário que nos familiarizemos com Campos enquanto escritor, e não apenas enquanto prosador, porque, para além da unidade semântica que possa existir, por exemplo, nas "Notas para a recordação do meu mestre Caeiro", também existe uma unidade material, já que essas notas estão manuscritas ou datilografadas em suportes afins e em suportes que Pessoa só utilizou durante certos anos. Isto quer dizer que o editor pode afinar os seus olhos de leitor e, com esses olhos, percorrer uma série de textos para estabelecer quando Pessoa entra na "pele de Campos", ou pode também (e uma estratégia complementa a outra) afinar os seus olhos de paleógrafo, e com esses olhos, percorrer uma série de autógrafos à procura de outros afins aos já localizados. A meu ver, certas unidades parciais, quer se denominem Campos, quer se denominem Caeiro, quer se denominem Reis, só poderão ser criticamente estabelecidas de maneira mais definitiva quando os olhos do paleógrafo complementarem os do leitor.

Isto faz-me recordar uma passagem do texto da conferência de Foucault acerca do que é um autor. Note-se que já sugeri, até ao momento, vários critérios em que se pode basear a conjetura sobre a autoria de um texto nos casos em que o nome do autor não figure no cabeçalho ou no traço de uma assinatura. Primeiro, se admitimos que um projeto literário, a partir de um dado momento, é atribuído a um certo autor — o caso do *Ultimatum* —, podemos presumir que todos os fragmentos destinados a esse projeto também lhe são atribuíveis, mesmo que o seu nome só figure em alguns deles. Segundo, um autor tende a constituir uma unidade temporal (digamos 1914-1935) e às vezes linguística (digamos o português). Terceiro, um autor tende a utilizar certos suportes e instrumentos de escrita (digamos um tipo de folha timbrada, uma caneta preta e um lápis azul); além disso, costuma recorrer a certas fórmulas e abreviações, e tende a corrigir com certos padrões. Mas os critérios são potencialmente infinitos. Cito Foucault, que, por sua vez, cita quatro desses critérios:

Na obra *De Viris Illustribus*, São Jerónimo explica que a homonímia não chega para identificar de forma legítima os autores de várias obras: indivíduos diferentes podiam ter o mesmo nome, ou um deles poderia ter-se apoderado abusivamente do patronímico do outro. Quando nos referimos à tradição textual, o nome não é suficiente como marca individual. Então como atribuir vários discurso a um só e mesmo autor? Como pôr em acção a função autor para saber se estamos perante um ou vários indivíduos? São Jerónimo apresenta quatro critérios: se entre vários livros atribuídos a um autor, houver um inferior aos restantes, deve-se então retirá-lo da lista das suas obras (o autor é assim definido como um certo nível constante de valor); do mesmo modo, se alguns textos estiverem em contradição de doutrina com as outras obras de um autor (o autor é assim definido como um certo campo de coerência conceptual ou teórica); deve-se igualmente excluir as obras que são escritas num estilo diferente, com palavras e maneiras que não se encontram habitualmente nas obras de um autor (trata-se aqui do autor como unidade estilística); finalmente, devem ser considerados como interpolados os textos que se referem a acontecimentos ou que citam personagens posteriores à morte do autor (aqui o autor é encarado como momento histórico definido e ponto de encontro de um certo número de acontecimentos). Ora, a crítica literária moderna, mesmo quando não tem a preocupação de autentificação (o que é a regra geral), não define o autor de outra maneira.

(Foucault, 2000, pp. 51-53)

Naturalmente, Pessoa teria feito ensandecer São Jerónimo, se este tivesse descoberto o seu espólio séculos mais tarde e não soubesse que esse espólio múltiplo e diverso pertencia a um único escritor que buscou ser múltiplos. Um leitor não pode pedir a Pessoa, nem a Pessoa *qua* Campos, um nível constante de valor (o Campos das "Notas" é muito superior ao Campos de outros apontamentos); nem pode exigir a Pessoa, nem a Pessoa *qua* Caeiro, um campo de coerência concetual (o Caeiro de *O guardador de rebanhos* não é o Caeiro de *O pastor amoroso*); nem pode esperar de Pessoa, ou de Pessoa *qua* Campos, uma unidade estilística (o Campos decadentista não é o Campos futurista); nem pode querer que Pessoa *qua* Caeiro se circunscreva a um momento histórico definido (o Caeiro que escreve depois da data da sua morte lembra-nos Brás Cubas). Note-se que não posso incluir o próprio Pessoa como exemplo deste último critério, porque Pessoa, de facto, nasceu em 1888 e morreu em 1935, e só a brincar algumas pessoas dizem que continua a escrever a partir do céu; e que também não incluí Ricardo Reis, porque em Reis encontramos unidade estilística, uma grande coerência concetual e um nível de valor razoavelmente constante. Os critérios de São Jerónimo, como outros, não são despropositados, mas são bastante limitados, e a obra pessoana revela bem até que ponto assim é. Além disso, São Jerónimo estava preocupado com a "autenticação" de textos, preocupação compreensível numa época em que circulavam cópias apógrafas, mas não tanto numa época em que existem originais autógrafos.

Seja como for, o que interessa neste caso, como noutros, é a tentativa de estabelecer algumas bases que sirvam para discutir a atribuição de um texto a um dado autor. No início, sugeri uma distinção entre a conjetura baseada num testemunho e a conjetura baseada no engenho, e disse que ia considerar a segunda.

Antes de continuar, convém fazer um outro esclarecimento. Pessoa costumava fazer listas de projetos e algumas dessas listas têm servido quer para estruturar certas obras (as *Obras de Jean Seul de Méluret* seguem uma lista que se encontra na ficha biobibliográfica de Jean Seul), quer para atribuir certos textos aos seus projetados autores (vários poemas não assinados por Search foram-lhe atribuídos por estarem referenciados em listas de poemas de Search).[14] No caso destes poemas, o editor recorreu a um original

---

14   Cf. uma passagem da introdução de João Dionísio à poesia de Alexander Search: existe um "conjunto de poemas que, tendo começado por ser atribuídos a Charles Robert Anon, vêm depois a ser reconhecidos como de Search: ou porque na última redacção figura a assinatura deste, no lugar

autógrafo para resolver uma dúvida (quem é o autor fictício?), já que esse original continha uma referência a Alexander Search, mas não baseou a sua conjetura ("estes poemas são de Search") em testemunhos respetivos desses poemas. Ora, na medida em que a presença do título de um poema numa lista identificada com o nome de Search constitui um testemunho, embora parcial, desse poema, este caso, no qual a atribuição se resolve pela consulta de um documento do espólio pessoano, pode considerar-se, de certo modo, uma conjetura baseada num testemunho. E a verdade é que este tipo de conjetura, tanto no caso de uma emenda, como no de uma atribuição, é a mais fiável e aquela a que convém recorrer sempre que possível. Mas como emendar ou atribuir na ausência de um testemunho? Resta-nos o engenho, a *adivinatio*, como último recurso, mas um recurso que foi e é muito utilizado quando não há outros elementos ou testemunhos de apoio.

Falta-nos agora examinar alguns textos do espólio pessoano em que o nome de um autor está ausente e cuja autoria foi estabelecida com base quer em testemunhos, quer no engenho.

Em *Prosa de Álvaro de Campos*, o texto que me parece mais representativo do primeiro caso é o seguinte:

[c. 12-11-1930]

Ter opiniões é estar vendido a si-mesmo. Não ter opiniões é existir. Ter todas as opiniões é ser poeta.

14 [133F-87r]

---

da de Anon; ou porque, só tendo sido localizado um testemunho, e assinado Anon, elencos de poemas de Search posteriores a essa redacção mencionam o texto em causa. Atenção especial merece o testemunho F (78B-53ʳ a 55ʳ) de *Elegy on the marriage of my dear friend Mr. Jinks* cuja atribuição, na margem inferior esquerda da última página, dá a ler: 'C.R. Anon id est Alexander Search', síntese emblemática da passagem da função autoral" (em Pessoa, 1997, p. 9).

```
Ter opiniões é estar vendido a si-mesmo. Não ter opiniões
é existir. Ter todas as opiniões é ser poeta.
------------------------------------------
```

FIG. 24. "TER OPINIÕES" (BNP/E3, 133F-87ʳ)

Cito também as notas finais:

A metade inferior de uma folha de papel de máquina dactilografada a tinta azul. A folha terá sido rasgada ao meio para conservar apenas o texto editado. Foi publicado por T. Sobral Cunha em Livro do desassossego *(1990-1991, tomo 1, p. 232). R. Zenith também o publicou como sendo um trecho do* Livro *— o 212 na edição de 1998 —, mas depois substituiu-o por outro fragmento ("Sim o racional e real") que também recebeu o número de ordem textual 212. Esta operação, que torna relativa a numeração dos trechos da edição do* Livro do desassossego *da*

Assírio & Alvim, é justificada na "nota à 7ª edição" (2007), assim: "[o trecho 'Ter opiniões e estar vendido a si-mesmo.'] foi agora excluído, por ter sido escrito pelo autor noutro suporte (um livro de autógrafos de Luís Pedro Moitinho de Almeida [em data de 12 de Novembro de 1930]) como sendo de Álvaro de Campos. No seu lugar (Trecho 212) publicamos um apontamento inédito". Incluímos, pois, o fragmento em questão ("Ter opiniões é estar vendido a si-mesmo.") no corpus *da prosa de Álvaro de Campos. Note-se que o texto lembra algumas frases do folheto* AVISO POR CAUSA DA MORAL *(Europa, 1923): "Ser novo é não ser velho. Ser velho é ter opiniões. Ser novo é não querer saber de opiniões para nada". Veja-se o livro* Fernando Pessoa no cinquentenário da sua morte, *de L. P. Moitinho de Almeida (1985, p. 117).*

14 [133F-87^r]

Neste caso, uma série de aforismos que já tinham integrado pelo menos duas edições do *Livro do desasocego* — na ortografia de Pessoa — migraram para a *Prosa de Álvaro de Campos* graças a um testemunho conservado num livro de um amigo e colega de um dos escritórios onde Pessoa trabalhou. A série não está assinada no autógrafo à guarda da Biblioteca Nacional de Portugal, mas encontra-se identificada no livro de Moitinho de Almeida.

Da segunda situação, e também em *Prosa de Álvaro de Campos*, o texto que me parece mais representativo é este:

[c. 1924]

O que é uma obra de arte racional? Uma idea central desenvolvida atravez de idéas particulares, ligadas a ella, e manifestada atravez de sentimentos, provocando imagens, metaphoras e outras hallucinações necessarias.

90 [75A-11^r]

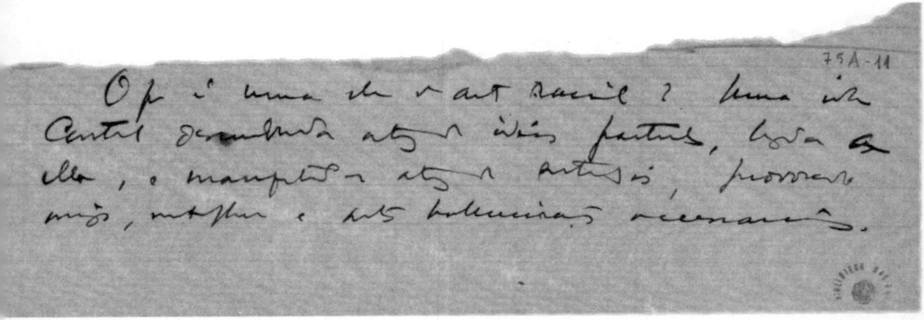

FIG. 25. "O QUE É UMA OBRA DE ARTE RACIONAL?" (BNP/E3, 75A-11ᵃ)

Neste caso, a referência a uma obra de "arte racional" (cf. o texto "A influência da engenharia nas artes racionais"), a temática do texto, a localização da folha no espólio (75A é uma área que contém outros textos dispersos de Campos) e a aparência material do suporte da escrita, afim a outros (a 75A-8 y 75A-9, por exemplo: o mesmo tipo de folha de papel com pautas ténues, manuscrita a tinta preta e com intervenções a lápis), fizeram com que a atribuição fosse relativamente segura. O arquivo iluminou e reforçou a decisão, mas esta decisão não deixa de comportar um certo grau de conjetura de índole interpretativa, na medida em que não existe uma atribuição autoral explícita.

No espólio de Fernando Pessoa, os textos em que o nome de um autor está ausente são a regra e não a exceção. Neste sentido, o ideal seria que a publicação da *Prosa de Álvaro de Campos* servisse não só para conhecer melhor Campos, mas também para gerar uma discussão produtiva sobre a atribuição literária, da qual depende a construção das obras pessoanas, que estão a ser emendadas, organizadas e definidas postumamente. O espólio do escritor português problematiza praticamente todas as questões da crítica textual moderna, algumas das quais já antigas, e é um caso paradigmático à disposição dos investigadores

portugueses interessados em participar nas discussões que susci-
tam os espólios de outros escritores no mundo inteiro. Como tão
bem sabia Fernando Pessoa, "O Ganges passa tambem pela Rua
dos Douradores" (Pessoa, 2010, tomo 1, p. 188; 2014a, p. 248).

ANEXO
HERANÇAS E SUBSTITUIÇÕES

1. O Dr. Pancrácio herda a secção de um jornal redigida por Pip
   (1902) (cf. Pessoa, 2013a e 2016a, p. 30) (figs. 26 e 27).

2. David Merrick é substituído por Charles Robert Anon (1903-
   -1904) (cf. Pessoa, 2009b, p. 112) (fig. 28).

3. Alexander Search herda a obra de Charles Robert Anon (1906-
   -1907) (Pessoa, 1997, p. 336) (fig. 29).

4. Álvaro de Campos é substituído por Fernando Pessoa (1924)
   (Pessoa, 2012b, p. 363) (fig. 30).

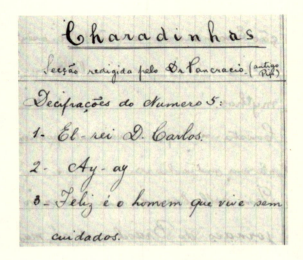

FIGS. 26 E 27. "CHARADINHAS" E NOME EM ALTO CONTRASTE (BNP/E3, 87-24A[R])

FIG. 28. "TALES" E MUDANÇA DE AUTOR (BNP/E3, 153-9[V])

FIG. 29. "ID EST ALEXANDER SEARCH" (BNP/E3, 78B-55ʳ)

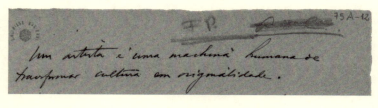

FIG. 30. "UM ARTISTA É UMA MACHINA" (BNP/E3, 75A-12ʳ)

7. RICARDO REIS

Em 1983, num "livro meticuloso e severo" (Castro, 1985, p. 156), Silva Belkior pôs em causa o cânone ricardiano, entre outros motivos por considerar que a obra de Ricardo Reis não devia incluir odes inacabadas, nem composições que fossem variantes de outras. Sonhando com uma perfeição porventura clacissista, o clacissista Belkior idealizou um Reis mais perfeito, excluindo poemas (como "a célebre ode dos jogadores de xadrez, 'Ouvi contar que outrora', apenas porque o verso 83 não é decassílabo", Castro, 1985, p. 158) e optando por não ir além do que Pessoa ainda em vida deu a conhecer do seu heterónimo nas revistas *Athena* e *Presença* (28 odes). Não menos meticulosos do que Belkior, mas menos severos, Luiz Fagundes Duarte e Manuela Parreira da Silva procuraram isolar as odes inacabadas e os poemas-variantes-de-outros, para apresentar, por um lado, um Reis nuclear, e por outro, um Reis periférico. Ao lermos as suas edições, apercebemo-nos de que há poemas que são colocados em primeiro plano e outros relegados para um segundo, terceiro ou quarto planos.

O primeiro desafio — relativo aos poemas inacabados — prende-se com a necessidade de distinguir o acabado do inacabado; o segundo — relativo às variações — implica destrinçar o variável do estável (pressupondo, por vezes, como fez Belkior, que o impresso é mais definitivo do que o manuscrito). Ora, nenhuma destas duas questões é pacífica. A primeira depende do que se considere um maior ou menor grau de inacabamento; a segunda está sujeita ao que se considere mais definitivo. Para Belkior, apenas o mais acabado e definitivo — praticamente apenas o que foi publicado nas revistas *Athena* e *Presença* — devia constituir esse todo chamado Reis. Para os restantes editores, todos os textos atribuídos ou atribuíveis a Reis deveriam integrar o *corpus*. Desse modo, a iniciativa de Richard Zenith, ao transformar, em 2009, a Casa Fernando Pessoa numa "Casa-Poema", partindo de uma ode ricardiana inacabada, parece quase a materialização perversa do pior pesadelo de Silva Belkior.

Como podemos ler na página *web* da Casa Fernando Pessoa, houve, um dia, uma conversa entre Inês Pedrosa e Richard Zenith "sobre a impossibilidade de uma fixação 'fidedigna' ou 'definitiva' da obra de Pessoa"; daí nasceu a ideia de "aplicar a uma ode de Ricardo Reis recheada de variantes um programa matemático, ver quantos poemas nasceriam dessa operação, e expô-los". "Nasceram", explica Pedrosa, "exactamente, 28 224 poemas". A este respeito, interessa observar que esse é praticamente o número total dos documentos que compõem o espólio pessoano (cerca de 30 mil), isto é, que, a partir de um poema com variantes de autor internas — instável, portanto —, pode engendrar-se um monstro de mil cabeças.

Mas tratou-se apenas de um cálculo e ninguém, em princípio, vai publicar esses 28 224 poemas. Embora possa acontecer

FIG. 31. CASA-POEMA | CASA FERNANDO PESSOA

que um dia alguém crie, numa plataforma digital, outros programas matemáticos geradores de textos a partir de escritos pessoanos com variantes.

Seja como for, e para nos acercarmos do tema, vejamos o poema em questão, a saber, a transcrição que figura no volume *Obra completa de Ricardo Reis* (2016) e as respetivas notas:

    Pese a sentença egual da ignota morte
    Em cada breve corpo, é entrudo e riem,
    Felizes, porque em elles pensa e sente
        A vida, que não elles.

    De rosas, inda que de falsas, teçam
    Capellas veras. Scasso, curto é o spaço

Que lhes é dado, e por bom caso em todos
Breve nem vão sentido.

Se a sciencia é vida, sabio é só o nescio.
Quam pouco differença a mente interna
Do homem da dos brutos! Sús! Leixae
Viver os moribundos!

[51-62^r]

Uma folha de papel de máquina dactilografada a tinta preta serve de
suporte a este poema e aos três seguintes, sendo que os dois últimos
("Dois é o prazer" e "Doce é o fructo á vista") foram manuscritos a
lápis, o mesmo lápis com que o autor fez alterações nos dois primei-
ros ("Pese a sentença egual da ignota morte" e "Vou dormir, dormir,
dormir"). Vejam-se Poemas de Ricardo Reis *(1994b, pp. 160 e 337-*
-338) e Ricardo Reis. Poesia *(2007b, pp. 163 e 325).*

NOTAS

1   Pesa o decreto atroz [↑ egual] do fim certeiro [↑ diverso]
    [↓ Pesa {← Pese} a sentença atroz {↑ egual} do algoz
    {↑ juiz} ignoto {→ da ignota sorte ↑ morte}]

2   Em cada cerviz nescia [↑ viva] [← inscia] [← serva]. [,]
    [↑ Em cada mortal {↑ breve} corpo,] É entrudo e riem(.)(,)

3   Felizes, porque nelles (em elles) pensa e sente

6   Capellas veras. Breve [↓ Oco] e vã[o] [← Nada é só]
    [→ Scasso, curto] é <a>/o\ <hora> tempo [↓ spaço]

7   Que lhes é dad<o>/a\, e por misericordia [→ bom caso a
    {↑ em} todos]

8   <Nem><b>/B\reve nem vã[o] sentid<a>/o\.

10 Quam pouco differença <estes> a mente interna

11 Do homem [↑ da] dos brutos<.>/!\ Sús! Deixae [→ Leixae]

12 <Sorrir> [↓ Brincar] [← Viver] os moribundos!

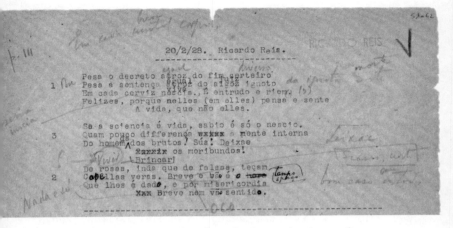

FIG. 32. PESA O DECRETO | PESA [←PESE] A SENTENÇA (BNP/E3, 51-62ª)

Tal como o próprio Reis, este poema pode ser um ou múltiplos. Fomos educados na escola da unidade da imprensa de Gutenberg, e podemos, optando quer pela última variante (como fez Fagundes Duarte), quer pela primeira (como fez Parreira da Silva), extrair um "poema em linha recta", para evocar o título de um poema de Álvaro de Campos (Pessoa, 2014c, pp. 281-282). No entanto, note-se que o poema ricardiano de 20 de fevereiro de 1928 não é lacunar, como outros são, e que não se trata de um testemunho intermédio, ou seja, não existe nenhum testemunho anterior ou posterior, já que não se conhece nenhum rascunho prévio, nem o texto foi passado a limpo. O que há é o que existe: um determinado número de versos — doze, no total — com algumas hesitações e muitas intervenções.

Ora, este texto conta ou não conta? Eis a questão.

A meu ver, conta. Por isso, na *Obra completa de Ricardo Reis* (2016) encontramos 219 poemas — e não apenas 28 —, sem contar com os anexos. Mas admitir um cânone ricardiano que se alarga para lá dos duzentos poemas implica reconhecer que não há um Reis, mas múltiplos Reis, que a pluralidade pessoana é intrínseca e extrínseca, que a sensação de acabamento pode ser apenas aparente e resultar de intervenção editorial, e que um testemunho datilografado ou manuscrito não tem de ter, necessariamente, menos valor do que um impresso. Aliás, Belkior apresentou como modelos de perfeição formal as odes publicadas na revista *Athena*, mas não chegou a conhecer o exemplar da revista que Pessoa guardou para si e no qual fez inúmeras correções e alterações à mão, reformulando, assim, o que aparentemente estava fechado.[1]

Enfim. A meu ver, este poema conta ("Pese a sentença egual da ignota morte"), e contam todos os textos atribuídos ou atribuíveis a Reis. Porquê? Porque Reis é maioritariamente inacabado, não-impresso e variável — tal como Pessoa, de resto —; e porque interessa mais estudar um conjunto alargado — tudo o que se conservou do que poderia ter sido Reis — do que um conjunto restrito de poucos textos (essas poucas odes alegadamente irrepreensíveis em termos formais).

No caso da obra ricardiana, é importante perceber o caráter aberto da maior parte dos textos que a compõem e a mediação editorial de que essa obra tem sido alvo. Finalmente, o nosso Reis é quase dez vezes mais extenso do que o Reis que Pessoa deu a conhecer em vida e as variantes de autor são partes constitutivas, e não despiciendas, desse Reis. Uma das minhas maiores surpresas ao editar Reis foi descobrir que o próprio Pessoa — e não um filólogo, numa aula dedicada à variantística italiana — tinha escrito, quase em jeito de didascália textual ou indicação cénica, que dois versos eram variantes do último verso de uma estrofe:

---

[1] Exemplar já referido no capítulo respeitante a Alberto Caeiro; ver fig. 18.

Ricardo Reis.
───────────

                    que
        Que mais/um ludo ou jogo é a extensa vida,
        Em que nos distrahimos de outra coisa —
                    Que coisa, não sabemos —;
        Livres porque brincamos se jogamos,
        Presos porque tem regras cada (todo) jogo;
                    Inconscientemente?

    (var. da ult. "Lydia, Lydia, quem somos?)
                "Quem somos? quem seremos?

        Feliz o a quem surge a consciencia
        Do jogo, mas não toda,

                                        27/10/1932.

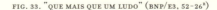

FIG. 33. "QUE MAIS QUE UM LUDO" (BNP/E3, 52-26[R])

Se o próprio Pessoa, no caso de Reis, trabalhou conscientemente com variantes, e não optou entre elas, como podemos nós, postumamente, editar Reis? Deixo a pergunta geral sem resposta e limito-me a citar a forma como foram editados os versos acima fac-similados:

Que mais que um ludo ou jogo é a extensa vida,
Em que nos distrahimos de outra coisa —
Que coisa, não sabemos —;
Livres porque brincamos se jogamos,
Presos porque tem regras todo jogo;
Quem somos? quem seremos?
Feliz o a quem surge a consciencia
Do jogo, mas não toda, a essa d'elle
Em o saber perdel-a.

[52-26ʳ]
Um bocado de folha dactilografado a tinta preta com algumas intervenções manuscritas a lápis; o poema tem ao alto o nome "Ricardo Reis", sublinhado, e no fim a data "27/10/1932". Vejam-se Poemas de Ricardo Reis *(1994b, pp. 175 e 363-364) e* Ricardo Reis. Poesia *(2007b, pp. 211 e 328).*

NOTAS

1   Quem mais [↑ que] um ludo ou jogo
5   cada (todo)] *variantes alternativas.*
6   Inconscientemente? [↓ Lydia, Lydia, quem somos?]
     [↓ Quem somos? Quem seremos?]
8   Do jogo, mas não toda. [→ e essa d'elle] *completado a lápis.*
9   Em [↑ a] saber <fazer> [↓ perder.] [↓ Em o saber perdel-a.]
     a lápis.

Entre as variantes alternativas pode escolher-se uma ou não se escolher nenhuma — se a transcrição for inclusiva (cf. Vander Meulen e Tanselle, 1999) —, mas, se não se escolher uma, a métrica e a forma estrófica não serão apreensíveis de forma tão imediata.

Em princípio, um editor fará escolhas. Então, e isto é fulcral, o texto final passará a depender das escolhas que faça. O problema é que dois editores não farão necessariamente as mesmas escolhas. Daí que um poema possa ser "o outro" e "o mesmo" simultaneamente, como num livro de Jorge Luis Borges, quando, por exemplo, um editor privilegie a primeira variante e outro a última, ou quando, por exemplo, um editor interprete de uma forma certa passagem e outro, de outra. Para ilustrar estas duas situações, basta citar dois casos concretos: o poema "Não sem lei..." (52-6^r), que já foi editado privilegiando o que está à esquerda, a tinta preta, e o que está à direita, a lápis; e o poema "Pensa quantos..." (52-20^r), que já foi editado como uma ode de vinte versos, muito inacabada, e como uma ode de doze versos, bastante acabada. Vejam-se as imagens, as transcrições e as notas correspondentes.

> Não sem lei, mas segundo leis diversas
> Entre os homens reparte o Fado e os deuses
> > Sem justiça ou injustiça
> Prazeres, dores, gozos e perigos.
>
> Bem ou mal, não terás o que mereces.
> Querem os deuses o destino obrigar.
> > Nós confiantes dos deuses
> E nem os deuses sabem do Destino.

[52-6^r]

Uma folha azul de papel almaço picotada na parte superior. Ao alto está o nome "Ricardo Reis", sublinhado, e a data, "17-11-1918", também sublinhada. O texto está manuscrito a tinta preta e são numerosas as intervenções autógrafas que testemunham uma ou várias campanhas de revisão. [...] Vejam-se Poemas de Ricardo Reis *(1994b, pp. 138-139 e 301-302; 196 e 386) e* Ricardo Reis. Poesia *(2007b, pp. 105-107 e 322; 258-259 e 330).*

NOTAS

1 Não sem lei, mas segundo <ignota lei> [↑ leis diversas]

2 Entre os homens o <f>/F\ado distribue (reparte)
[↑ <reparte o outro Fado>] [→ Entre os homens reparte o
Fado <ignoto> {↑ e os deuses}]

3 O bem e o mal (e)star [↑ que sente] [→ Sem justiça
ou injustiça]

4 Fortuna e gloria, damnos e perigos. [→ Prazeres, dores,
gozos e perigos].

5 <Não é segundo o teu merecimento> [↑ Bem ou mal,
não terás o que mereces]

6 De bem ou mal que bem ou mal dirás [↑ terás]
[↑ <Querem os deuses> <Dos deuses *virão *os *impul-
sos>] [→ Nem perscrutar-te acontece]
[↓ Querem os deuses o destino obrigar].

7 Nem castigo ou premio, [→ Nós confiantes dos deuses]

8 Speres, desprezes, temas ou precises. [↓ E {↑ nem} os
deuses sabem do Destino.]

> Pensa quantos, no ardor da jovem ida,
> Um destino parou; quantos, obtendo
> A meta, a descobriram
> Antes que o ardor quizesse.

> Não speres nem consigas; enche a taça
> E abdica: tudo é natural e extranho.
> Nem justos nem injustos
> São os Deuses, senão outros.

> O conseguido é dado; tudo é imposto.
> Prazer ou magua, são qual sol ou chuva,

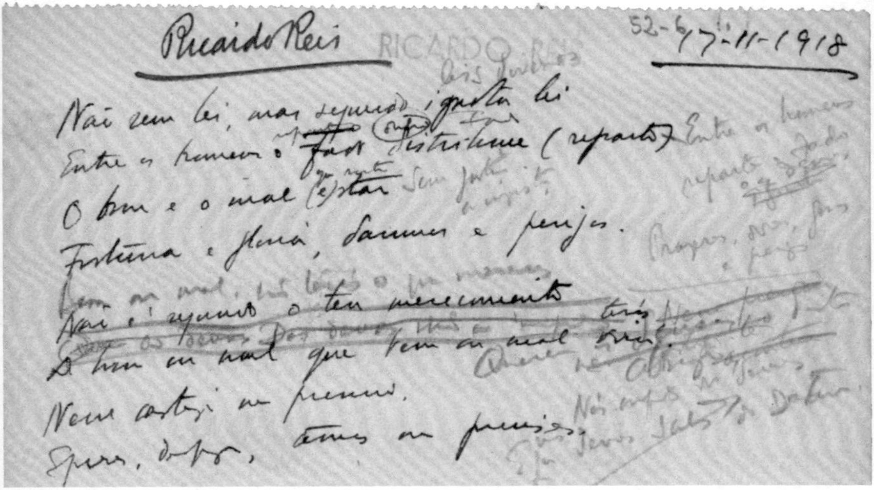

FIG. 34. "NÃO SEM LEI..." (BNP/E3, 52-2ª)

Dados, ora são desejos
Ora ao ◊

[52-20ʳ]

Poema manuscrito a tinta preta num bocado de papel, com atri-
buição ("Ricardo Reis.", ao alto, sublinhado) e data ("3/1/1928.",
no canto superior direito). A nossa proposta de edição destes versos
é muitíssimo diferente da existente. Vejam-se Poemas de Ricardo
Reis *(1994b, pp. 199-200 e 389-390).*

NOTAS

2　O Destino [↓ Um destino] parou; quantos, lembrando
　　[↓ esperanças breves;] [↓ quantos obtendo]

3　Da meta inesperada [↓ Quanto, á obra feita] [↑ Quantos,
　　que á meta imposta] [↓ A meta, a descobriram]

4　[↓ A só esperança antiga antepuzeram.] [↓ A só esperança
　　lembrada antequizeram.] [↓ Antes que a esperança d'ella]

[↓ Antes que /o/ ardor dera] [↓ Antes que o ardor quizesse]

7-8   Nem justos nem injustos | São o Destino e os Deuses, senão outros [↓ Nem justos nem injustos | São os Deuses, senão outros]

9-12   Tal porque morre <agora> [↑ cahe], tal porque vive. | O que se cumpre nunca se quizera, | Salvo se a <cega> [↑ morte é cega] | Do pó do <†> [→ O conseguido é dado; tudo é imposto. | Prazer ou magua, são qual sol ou chuva, | <Que são de fora,> Dados, ora são desejos | <Vindos, um dia gastos> Ora ao ◊] *a nosso ver, os quatro versos escritos na margem direita substituem os quatro anteriores; inicialmente, o quarto verso de cada estrofe ia ser um decassílabo; depois, passou a ter menos quatro sílabas (cf. "São o Destino e os Deuses, senão outros." → São os Deuses, senão outros.").*

O nosso Reis é um texto múltiplo que depende dos critérios de cada editor e da perícia com que cada um interprete a génese de determinados testemunhos.

Já antes de editar Reis, e como prenúncio do que implicaria editá-lo, eu dava o exemplo do final de uma ode ricardiana, discutida por Luiz Fagundes Duarte (2006), como ilustração de um caso significativo de mediação editorial (Pizarro, 2012a). Qual deveria ser o verso final desta composição lírica?

Note-se que Pessoa riscou primeiro oito versos, de seguida reescreveu-os, mas ficou insatisfeito com o último verso. Algum editor da Ática terá dado ao tipógrafo a indicação de "só compor o que está escrito à máquina", e este, não percebendo que o segmento "que mais quero?" era uma variante de "é bastante", compôs um poema de nove versos, sendo o nono um verso com avanço de linha e começo em minúscula. Mas qual deverá, então,

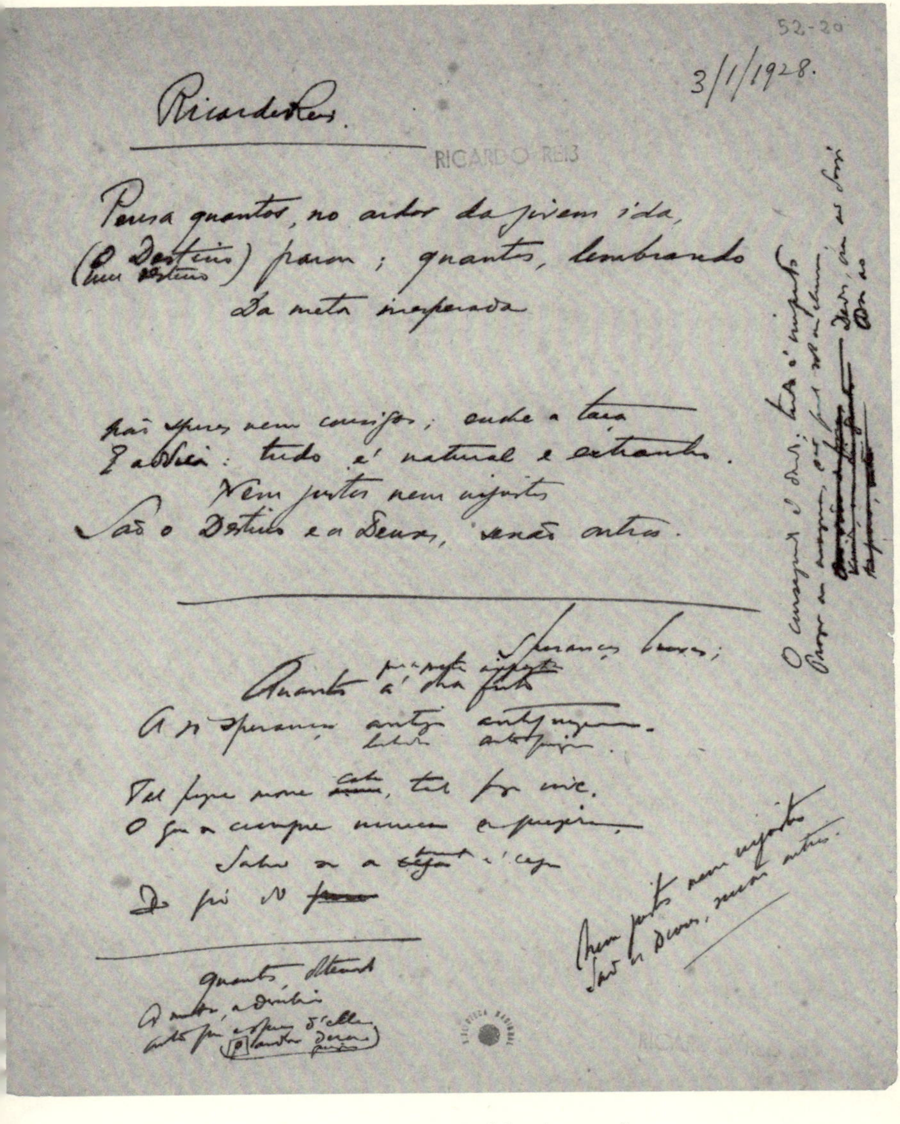
52-20

3/1/1928.

Ricardo Reis.

RICARDO REIS

Pensa quantos, no ardor da jovem ida,
(O Destino) parou; quantos, lembrando
Da meta inesperada

Não esperes nem confies; onde a taça
É absoluta: tudo é natural e estranho.
Nem justos nem injustos
São o Destino e os Deuses, senão outros.

FIG. 35. "PENSA QUANTOS..." (BNP/E3, 52-20[R])

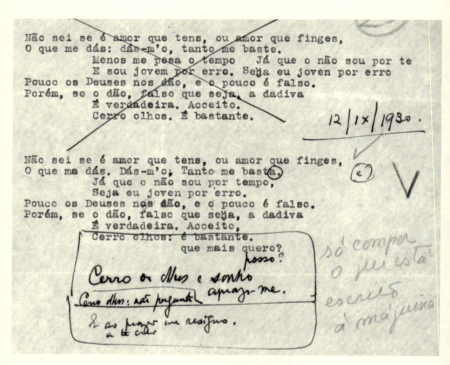

FIG. 36. "NÃO SEI SE É AMOR..." (BNP/E3, 51-73ʳ)

ser o verso final? Para Manuela Parreira da Silva: "Cerro olhos: é bastante" (Pessoa, 2007, p. 186). Para Luiz Fagundes Duarte: "E a te crer me resigno" (Pessoa, 1994, p. 167). Para chegar à primeira conclusão, basta não descer a escada; para chegar à segunda, é preciso descer uma série de degraus:

Cerro olhos:	é bastante.	
[Cerro os olhos:]	que mais	quero?
[Cerro os olhos: que mais]		posso?
Cerro os olhos e	sonho	
[Cerro os olhos e]	aprazo-me.	

Cerro olhos: não pergunto.
E   ao prazer   me resigno.
[E] a ter crer   [me resigno.]

Quantos degraus aceitamos descer? Onde preferimos parar? Admitimos sempre, por regra, ficar no primeiro ou no último?

Não pretendo aqui aprofundar questões que já foram amplamente discutidas dentro e fora do contexto dos estudos pessoanos (Castro, 1990 e 1999; Lopes, 1999) e dentro e fora de Portugal (Contini, 1970; Isella, 1987; Segre, 1999 e 2008). Mas gostaria de sublinhar, e com isto concluir, que Reis é fundamentalmente um conjunto de textos que ficaram por editar — Pessoa autoeditou 28, mas mesmo alguns de entre eles não ficaram "fechados" aquando da sua morte —, e que a multiplicidade ricardiana é inerente ao material que ficou arquivado no espólio pessoano. O desafio de Reis é o mesmo de Pessoa: ser plural. Mas esse pode ser um desafio precioso se aceitarmos olhar a multiplicidade com outros olhos e reconhecermos que se trata de uma riqueza, a nível tanto editorial, quanto hermenêutico.

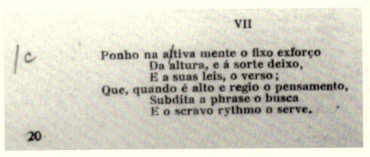

FIG. 37. "PONHO NA A<L>[← C]TIVA MENTE O FIXO EXFORÇO" (*ATHENA*, N. 1, 1924)

Terá faltado disciplina ao disciplinado Reis? Creio que não. Mas Álvaro de Campos teria, certamente, zombado de Ricardo Reis por este não conseguir terminar os seus textos. Por não os largar. Por sofrer de desassossego, depois de afirmar que "As obras eternas são serenas, lucidas e racionaes" (Pessoa, 2016c, p. 304). Reis é o Reis editado mas também o Reis inédito, é o Reis das edições e o Reis do arquivo, e é sempre bom conviver com os dois e não nos apegarmos excessivamente ao rigor dos seus versos. Afinal, a "altiva mente" era "activa mente" (Pessoa, 2016c, pp. 397-398).

8. LIVRO DO DESASSOSSEGO

> Narciso cego, como no *Livro* se conhece, Pessoa
> desejou tocar-se como uma alma que fosse exterior.
>
> Eduardo Lourenço (1993, p. 90)

Há constatações que apenas uma edição crítica pode viabilizar e hoje, retrospetivamente, parece-me que a mais importante da edição crítica do *Livro do desasocego* (2010) foi a de corroborar que o *Livro* foi pelo menos dois livros e que, consequentemente, cada um deles podia e devia ser descrito em separado. Não só porque ambos os livros são individualizáveis, mas porque, ao separar o *Livro* construído entre "Na Floresta do Alheamento" (1913) e a "Marcha Funebre para o Rei Luiz Segundo de Baviera" (1916) — para citar dois fragmentos célebres da primeira fase — do *Livro* composto por textos ulteriores sem título, como os que começam "Amo, pelas tardes demoradas de verão, o socego da cidade baixa" (1929) e "Não sei porquê — noto-o subitamente — estou sòsinho no escriptorio" (1933), ao separar os dois livros, dizia, apercebemo-nos claramente de que a grande descoberta de Pessoa, quando retomou o projeto abandonado durante quase dez anos, foi Lisboa. Lisboa foi a maior descoberta poética da segunda fase do *Livro do desassossego* e talvez uma das razões mais fortes que levaram Pessoa a voltar a escrever fragmentos, depois de 1928, encimados pela indicação "L. do D.". Essa frase famosa do *Livro*, "Oh, Lisboa, meu lar!" (Pessoa, 2014a, p. 322), é a exclamação de alguém que se apropriou de uma cidade e que se tornou parte do seu tecido urbano de um modo quase impercetível. O *Livro do desassossego* é um grande retrato de Lisboa, e também de Pessoa, quer dizer, do empregado de escritório indissociável das ruas, dos carros elétricos, dos edifícios, das praças, dos miradouros da capital portuguesa. Quando Pessoa critica Amiel, cujo *Journal intime* teve como modelo, critica-o por ter dito que "uma paisagem é um estado de alma", quando poderia ter dito o contrário: "Mais certo era dizer que um estado da alma é uma paisagem; haveria na frase a vantagem de não conter a mentira de uma teoria, mas tamsómente a verdade de uma metáfora" (2014a, p. 467). Ora, no *Livro do desassossego*, Pessoa procurou descrever estados de alma como se fossem coisas, mas esse paisagismo anímico surgia como demasiado *vago* sem uma identificação *concreta* com algo, como a cidade de Lisboa.[1] O milagre da segunda fase do *Livro* é que o tédio, o *spleen*, o cansaço, a indiferença e todos os sentimentos que confluem no desassossego já não estão associados a cenários vagos, estrangeiros, exóticos, heráldicos,

---

1   Neste ensaio, coincido amplamente com a leitura de Caio Gagliardi, que observa o seguinte: "No *Livro do desassossego* a cidade é, por vontade de seu narrador, a concretização de uma subjetividade exteriorizada, e, por conseqüência, extirpada de obscuridade, carregando, sim, o mistério das coisas visíveis. Não se quer vê-la, note-se bem, como metáfora da alma, mas como a própria alma: [...] A contínua reconstrução da cidade é a concretização da necessidade de divinizar-se, de se tornar algo absolutamente claro e exterior" (Gagliardi, 2012, pp. 37-38). Coincido também com a leitura que Carlos Reis propõe num texto inédito que partilhou comigo: "A cidade do Desassossego. Trajectos e figurações" (2015).

improváveis, atemporais e, em última instância, decadentistas, como na "Floresta do Alheamento", mas sim a cenários com nome próprio, história e localização geográfica, como a Rua dos Douradores — um dos títulos contemplados para o livro (Pessoa, 2010, tomo 1, p. 452) — e que esse croqui urbano é um estado de alma e, enquanto tal, uma paisagem, num sentido metafórico.

Claro que, para captarmos que Lisboa é a maior descoberta poética da segunda fase do *Livro do desassossego*, ou melhor, do livro como totalidade, é necessário distinguir bem as duas fases de escrita da obra — coisa que poucas edições fizeram — e ler o livro de forma cronológica e não temática. Isto foi algo que a edição crítica fez e que a distingue. Passo a citar:

> Esta edição vem corroborar a intuição crítica de Jorge de Sena, que estava no Brasil quando a verbalizou, da existência de um primeiro e de um segundo *Livro*, e, por este e outros motivos, devo confessar que não vejo a necessidade de intercalar textos provenientes das duas fases da obra (uma mais esteticista, próxima do simbolismo, e outra mais modernista, próxima de uma orientação neo-clássica) para criar uma espécie de todo mais unitário, em que, por "osmose", uma parte do *Livro* atravessasse a membrana da outra.
>
> (Pessoa, 2010, tomo 2, p. 531)

O problema não está em evitar equilíbrios que um conjunto de vasos comunicantes pode gerar, nem em apartar comunicativamente os dois livros, o que seria absurdo, mas em reconhecer algo muito mais simples e palpável: que, se excetuarmos um fragmento de 1917 que muitas edições tendem a ocultar e rasurar, aquele que começa "Ha em Lisboa um pequeno numero de restaurantes" (2014a, p. 33), a que Pessoa deu o subtítulo de "Prólogo", então há que aguardar até 1929 para finalmente encontrar a palavra Lisboa e descrições da cidade. O *Livro do desassossego* pode ser considerado, de forma um pouco lata, como uma obra de literatura urbana, mas se estudarmos os primeiros dezoito fragmentos, aqueles que constituem o primeiro núcleo da obra, notamos que há orações, invocações, glorificações, apoteoses, máximas, intervalos e até um "Peristilo" (que começa: "Ás horas em que a paysagem é uma auréola de Vida, e o sonho é apenas sonhar-se, eu ergui, ó meu amôr, no silencio do meu desassocego, este livro estranho como portões abertos ao fim d'uma alameda abandonada"), mas a cidade de Lisboa brilha pela sua ausência, pois essa "alameda", por exemplo, pode ser qualquer rua com árvores de qualquer espécie. E, se avançamos, nada muda realmente.

No fragmento 19 da edição crítica — o mesmo na edição da Tinta-da-China Brasil — surge "do terraço d'este café" (2014a, p. 57), mas não sabemos de que café se trata; é como se Cesário Verde se acercasse de repente do *Livro*, mas sem nele se adentrar plenamente. No fragmento 55 existe uma "paysagem de chuva", mas o tratamento do tema é ainda demasiado romântico, embora Pessoa já tivesse vivido "experiências de Ultra-Sensação" (2010, tomo 1, p. 452), como no poema "Chuva oblíqua"; o texto em questão, "Paysagem de chuva", começa assim: "Em cada pingo de chuva a minha vida falhada chora na natureza. Ha qualquér cousa do meu desassocego no gota a gota" (2014a, p. 102). Neste caso, como noutros, parece que estamos ante uma "paisagem circular" observada por um "Narciso cego", como diria Eduardo Lourenço. Veja-se esta outra paisagem: "Foi num mar interior que o rio da minha vida findou. Á roda do meu solar sonhado todas as arvores estavam no outomno" (2014a, p. 123). Ao longo da leitura encontramos absurdos, lendas imperiais, cartas ("Assim soubesses tu comprehender o teu dever de seres meramente o sonho de um sonhador"; 2014a, p. 132), conselhos às mulheres mal casadas, confissões, recordações, estéticas, nostalgias, éticas, abdicações, sentimentos apocalípticos, quadros decorativos, metafísicas e até uma notável educação sentimental, mas nenhum texto nos dá a sensação de caminharmos pelas ruas centrais de uma pequena cidade. "Educação sentimental" termina assim:

> Se pego numa sensação minha e a desfio até poder com ella tecer-lhe a realidade interior a que eu chamo ou A Floresta do Alheiamento, ou a Viagem Nunca Feita, acreditae que o faço não para que a prosa sôe lucida e tremula, ou mesmo para que eu gose com a prosa — ainda que mais isso quero, mais esse requinte final ajunto, como um cahir bello de panno sobre os meus scenarios sonhados — mas para que dê completa exterioridade ao que é interior, para que assim realise o irrealisavel, conjugue o contradictorio e, tornando o sonho exterior, lhe dê o seu maximo poder de puro sonho, estagnador de vida que sou, burilador de inexactidões, pagem doente da minha alma Rainha, lendo-lhe ao crepusculo não os poemas que estão no livro, aberto sobre os meus joelhos, da minha Vida, mas os poemas que vou construindo e fingindo que leio, e ella fingindo que ouve, enquanto a Tarde, lá fora não sei como ou onde, dulcifica sobre esta metaphora erguida dentro de mim em Realidade Absoluta a luz tenue e ultima d'um mysterioso dia espiritual.
>
> (Pessoa, 2014a, pp. 162-163)

Esta longa oração é fiel à poética da primeira fase do *Livro do desassossego*. Há um "pagem doente" que seduz, encanta e adormece a sua "alma Rainha", desfiando sensações, tecendo cenários sonhados, lendo fingimentos, tal como Pessoa e Sá-Carneiro, "o esfinge gorda", nas suas prosas mais esteticistas. Tudo isto existe —

o puro sonho, o crepúsculo, um misterioso dia espiritual —, mas de Lisboa não há praticamente nenhum rasto.

"Amante visual" (2014a, pp. 176 e 178) e argonauta da "sensibilidade doentia" (2014a, p. 176), o autor do *Livro* chama-se, num primeiro momento, Vicente Guedes. Este autor escreverá versos mallarmeanos que os concretistas brasileiros evocarão ("De suave e aerea a hora era uma ara onde orar"; 2014a, p. 179); escreverá uma belíssima "Marcha Funebre"; dirigir-se-á ao "Senhor Rei do Desapego e da Renuncia" (2014a, p. 184); tecerá uma formosa "Symphonia da noite inquieta"; refletirá sobre o mundo e a alma humana; autoanalisar-se-á; recordará um passado feliz; devaneará ("Que rainha imprecisa guarda ao pé dos seus lagos a memoria da m[inha] vida partida? Fui o pagem das alamedas insufficientes ás horas aves do meu socego azul"; 2014a, p. 203); divagará, ornará de palavras um cenotáfio para um herói desconhecido, que, como Pessoa-Ulisses, por não ser existiu e sem existir bastou.[2] Mas, e a cidade de Lisboa, essa que miticamente foi fundada por Ulisses? Reiteremo-lo: está ausente.

Para a encontrar, é necessário ler o *Livro* composto por Bernardo Soares, "ajudante de guarda-livros na cidade de Lisboa"; mas então há que começar a lê-lo a partir do fragmento 169, escrito no ano de 1929. É a partir daí que Lisboa surge, que o *Livro* se transfigura, que o vazio do cenotáfio é ocupado por um homem banal, Soares, menos aristocrático que Guedes. Além do mais, e isto tem uma importância capital, é a partir deste ponto que Cesário Verde se torna a figura tutelar do novo *Livro*, também esplendidamente escrito, embora com menos frases *encantatórias* (recorde-se este belo *incipit*, "De suave e aerea a hora era uma ara onde orar") e um estilo mais claro, preciso e concreto.

---

2 Veja-se o poema "Ulisses", de *Mensagem* (1934).

Não me parece gratuito que o primeiro texto da segunda fase que Pessoa publicou em vida seja, no fundo, uma grandiosa homenagem a Cesário Verde (veja-se o Anexo 1):

Amo, pelas tardes demoradas de verão, o socego da cidade baixa, e sobretudo aquelle socego que o contraste accentua na parte que o dia mergulha em mais bulicio. A Rua do Arsenal, a Rua da Alfandega, o prolongamento das ruas tristes que se alastram para leste desde que a da Alfandega cessa, toda a linha separada dos caes quedos — tudo isso me conforta de tristeza, se me insiro, por essas tardes, na solidão do seu conjuncto. Vivo uma era anterior áquela em que vivo; goso de sentir me coevo de Cesario Verde, e tenho em mim, não outros versos como os d'elle, mas a substancia egual à dos versos que fôram d'elle. Por alli arrasto, até haver noite, uma sensação de vida parecida com a d'essas ruas. De dia ellas são cheias de um bulicio que não quere dizer nada; de noite são cheias de uma falta de bulicio que não quere dizer nada. Eu de dia sou nullo, e de noite sou eu. Não ha differença entre mim e as ruas para o lado da Alfandega, salvo elas serem ruas e eu ser alma, o que pode ser que nada valha ante o que é a essencia das cousas. Ha um destino egual, porque é abstracto, para os homens e para as cousas — uma designação egualmente indifferente na algebra do mysterio.

Mas ha mais alguma cousa... Nessas horas lentas e vazias, sobe-me da alma á mente uma tristeza de todo o ser, a amargura de tudo ser ao mesmo tempo uma sensação minha e uma cousa externa, que não está em meu poder alterar. Ah, quantas vezes meus proprios sonhos se me erguem em cousas, não para me substituirem a realidade, mas para se me confessarem seus pares em eu os não querer, em me surgirem de fóra, como o electrico que dá a volta na curva extrema da rua, ou a voz do apregoador nocturno, de não sei que cousa, que se destaca, toada arabe, como um repuxo subito, da monotonia do entardecer!

(Pessoa, 2014a, pp. 231-232)

Este é, há que afirmá-lo, um novo *Livro*: as estações são agora mais determinadas; o bulício é todo um fenómeno — e não apenas uma marca da vida moderna —; as ruas traçam uma geografia espacial e humana; a substância da prosa equipara-se à da poesia de Cesário Verde; o interior e o exterior diluem-se; aparece o sintagma "os homens e as coisas"; os sonhos são considerados "coisas"; um primeiro carro elétrico é mencionado; surge um primeiro "apregoador nocturno"; "ouve-se" uma "toada arabe" e "sente-se" o bulir da vida de Lisboa... O *Desassossego*, ou a descoberta de Lisboa... O *Desassossego*, ou a reinvenção da "cidade branca" de Baudelaire...

Aceitemos este fragmento, "Amo, pelas tardes demoradas de verão", como um convite para entrar no segundo *Livro*, um conjunto de textos mais pobres em princesas, cisnes e bosques, mas mais ricos em ruas, provedores e moços de cargas.

Nesta segunda parte, a palavra Lisboa não está muito presente, mas não precisa de estar, porque tudo indica em que cidade é que o leitor de repente se instalou; e porque umas páginas mais à frente, a seguir a um novo elogio a Cesário Verde, encontramos o seguinte:

Se houvesse de inscrever, no logar sem lettras de resposta a um questionario, a que influencias litterarias estava grata a formação do meu espirito, abriria o espaço ponteado com o nome de Cesario Verde, mas não o fecharia sem nelle inscrever os nomes do patrão Vasques, do guarda-livros Moreira, do Vieira caixeiro de praça e do Antonio moço do escriptorio. E a todos poria, em letras magnas, o endereço chave LISBOA.

> Vendo bem, tanto o Cesario Verde como estes foram para a
> minha visão de mundo coeficientes de correcção.
>
> (Pessoa, 2014a, p. 314)

Depois de um mundo algo irreal, e até espetral — na primeira parte —, surge Lisboa, e com ela um patrão, um contabilista, um viajante e um moço que parecem saídos de um poema de Cesário Verde e que representam, como o autor dos *Cânticos do realismo*, "coeficientes de correcção". A direção-chave é "lisboa"; os empregados de um escritório da baixa lisboeta, as personagens. O fragmento é de abril de 1930, um dos anos decisivos para a redefinição do *Livro do desassossego*, que, se se houvesse limitado ao "breviário do decadentismo" inicial (Lind, 1983), nunca teria chegado a ser um dos maiores expoentes literários do século xx, e um livro que chegaria a ofuscar outros, como *À rebours*, de Joris-Karl Huysmans, e *Viagem ao redor do meu quarto*, de Xavier de Maistre. A poesia de Cesário Verde foi decisiva para que o *Livro do desassossego*, depois de uma fase decadentista, viesse a tornar-se uma obra-prima.

A Cesário, aos seus *Cânticos do realismo*, Pessoa deve o olhar sobre o mundo próximo que o rodeava; olhar que está ausente das peças mais simbolistas, como *O marinheiro*; olhar que não está em Caeiro, nem em Reis, nem num certo Campos; olhar que está ausente no *Fausto*, nos *English Poems* e na *Mensagem*. O quotidiano inscrito no *Livro do desassossego*, ainda que se chegue a considerá-lo um artifício, é um traço difícil de encontrar na obra pessoana, seja ortónima, seja heterónima. Além disso, graças a Cesário, Pessoa também agudiza a sua perceção dos odores, e nos seus estados de alma metafísicos começam a despontar novos sentidos, para além da visão. Um texto de julho de 1930 é claro a este respeito:

O olfacto é uma vista estranha. Evoca paysagens sentimentaes por um desenhar subito do subconsciente. Tenho sentido isto muitas vezes. Passo numa rua. Não vejo nada, ou, antes, olhando tudo, vejo como toda a gente vê. Sei que vou por uma rua e não sei que ella existe com lados feitos de casas differentes e construidas por gente humana. Passo numa rua. De uma padaria sahe um cheiro a pão que nauseia por doce no cheiro d'elle: e a minha infancia ergue-se de determinado bairro distante, e outra padaria me surge d'aquelle reino das fadas que é tudo que se nos morreu. Passo numa rua. Cheira de repente ás frutas do taboleiro inclinado da loja estreita; e a minha breve vida de campo, não sei já quando nem onde, tem arvores ao fim e socego no meu coração, indiscutivelmente menino. Passo uma rua. Transtorna-me, sem que eu espere, um cheiro aos caixotes do caixoteiro: ó meu Cesario, appareces-me e eu sou enfim feliz porque regressei, pela recordação, á unica verdade, que é a literatura.

(Pessoa, 2014a, pp. 326-327)

O autor repete, como se se tratasse de uma anáfora, o sintagma "passo numa rua"; descobre odores que evocam a sua infância, revelando-a; e, no final, um odor que não lhe lembra a sua infância, mas a poesia de Cesário Verde, o que o transtorna e o faz feliz. De certa forma, Pessoa parte da literatura e regressa a ela. Há uma circularidade inevitável e Narciso não desaparece do conjunto; mas o protagonista já tem um "subconsciente" e, pelas páginas do *Livro*, já perpassa "um cheiro a pão que nauseia por doce".

O *Livro do desassossego* deve também a sua grandeza a uma poética que Pessoa cifrou numa frase de Frei Luís de Sousa, autor da *Vida de D. Frei Bartolomeu dos Mártires* (1619): descrever o comum com singularidade (veja-se o Anexo 2). Pessoa não era dado a grandes lances descritivos, nem a descrever um cenário de forma muito detalhada ou "realista", mas nalguns momentos, enquanto compositor fictício do *Livro*, fixava-se em cada detalhe vulgar:

> Ha momentos em que cada pormenor do vulgar me interessa na sua existencia propria, e eu tenho por tudo a affeição de saber lêr tudo claramente. Então vejo — como Vieira disse que Sousa descrevia — o commum com singularidade, e sou poeta com aquella alma com que a critica dos gregos formou a idade intellectual da poesia. Mas tambem ha momentos, e um é este que me opprime agora, em que me sinto mais a mim que ás coisas externas, e tudo se me converte numa noite de chuva e lama, perdida na solidão de um apeadeiro de desvio, entre dois comboios de terceira classe.
>
> (Pessoa, 2014a, p. 288)

Dos primeiros momentos, temos um bom exemplo numa paisagem que sempre me comoveu: a descrição de alguns carros elétricos como "caixas de phosphoros moveis". Dos segundos, muitas paisagens de índole mais existencial. Mas cinjamo-nos a este exemplo de uma descrição do comum com singularidade:

> Á roda dos meios da praça, como caixas de phosphoros moveis, grandes e amarellas, em que uma creança espetasse um phosphoro queimado inclinado, para fazer de mau mastro, os carros electricos rosnam e tinem; arrancados, assobiam a ferro alto.
>
> (Pessoa, 2014a, pp. 310-311)

Os veículos que começavam a ocupar as praças de Lisboa são uma das muitas realidades que só a partir de 1929 entram no *Livro*. Não porque Pessoa não os tivesse visto ou utilizado antes, mas porque, para ter lugar para esses transportes, tinha de abandonar, pelo menos parcialmente, as paisagens de sonho e as florestas do alheamento, ou seja, reajustar a sua estética.

Neste sentido, desafio o leitor a procurar certas "realidades" na obra máxima da prosa pessoana e a constatar que são tardias: armazéns, vitrinas, tascas, vinhos do Porto, empregados de cafés e restaurantes, barbeiros, moços de fretes, comerciantes, empregados de escritório, hortaliças, bilhetes da lotaria, caixas empilhadas, silvos, gargalhadas, gemidos, pratos, canções, gatos, etc. Quando Pessoa deixou entrar o mundo que o rodeava no livro que viria a tornar-se mais triste do que o *Só* de António Nobre,[3] uma retificação estética tornou-se irreversível. Talvez por isso, quando Soares se imagina livre do escritório onde trabalha — como um Bartleby de sonho que batesse com a porta e partisse —, a fantasia não o entristece e reconhece, de imediato, que já é tarde para despir o "traje da Rua dos Douradores":

O patrão Vasques, o guarda-livros Moreira, o caixa Borges, os bons rapazes todos, o garoto alegre que leva as cartas ao correio, o moço de todos os fretes, o gato meigo — tudo isso se tornou parte da minha vida; não poderia deixar tudo isso sem chorar, sem comprehender que, por mau que me parecesse, era parte de mim que ficava com elles todos, que o separar-me d'elles era uma metade e similhança da morte.

Aliás, se amanhã me apartasse de elles todos, e despisse este trajo da Rua dos Douradores, a que outra coisa me chegaria — porque a outra me haveria de chegar?, de que outro trajo me vestiria — porque de outro me haveria de vestir?

(Pessoa, 2014a, pp. 251-252)

---

3   Cf. "E este livro é um gemido. Escripto elle já o *Só* não é o livro mais triste que ha em Portugal" (Pessoa, 2014a, p. 59).

Hoje, todavia, discute-se a organização do *Livro do desassossego* e o certo é que Pessoa nunca resolveu esta questão. Mas eu creio que o mundo da Rua dos Douradores, com o patrão Vasques e o "gato meigo", era parcialmente incompatível com o mundo sem coordenadas espaciotemporais da primeira fase, e que Pessoa, sem ajustes, dificilmente teria incluído no mundo soariano alguns fragmentos antigos. Ou então teria de imaginar um autor antes e depois de ter lido Cesário Verde; como inventou um Álvaro de Campos anterior ("Opiario") e posterior ("Ode Triumphal") ao conhecimento do seu mestre Alberto Caeiro, que por sua vez tentara imitar Cesário Verde, antes de encontrar a sua voz pessoal. Neste sentido, o *Livro do desassossego* pode ler-se como um texto anterior e posterior à aplicação dos coeficientes de correção d'*O livro de Cesário Verde* (a que hoje alguns chamam *Cânticos do realismo*).

Nenhuma destas considerações pretende subtrair unidade ao *Livro do desassossego*, ainda que este conceito, o de unidade, seja muito relativo, se se tiver em conta que o *Livro* que conhecemos é uma construção póstuma. O que pretendemos é enfatizar um facto: a saber, que Lisboa, com os seus prédios e as suas ruas, e Bernardo Soares, com o seu escritório e os seus companheiros de trabalho, surgem tarde, e que a grande descoberta da segunda fase é a cidade de Lisboa, não Soares, visto que Soares já existia latente em Guedes (e no próprio Pessoa, que se movimentava entre escritórios do centro da cidade) e que já fora um autor de contos no início da década de 1920 (Pessoa, 2013a e 2016a, pp. 558-560). Perante essa espécie de livro genérico, sem graça e talvez sintético que é *Lisbon, What the Tourist Should See* [Lisboa: o que o turista deve ver], o *Livro do desassossego* surge como um livro único, cativante, indispensável, que simultaneamente retrata Soares e Lisboa, Lisboa e Soares, e ao fazê-lo nos permite conjeturar acerca de Pessoa.

Ao fim e ao cabo, o ajudante de guarda-livros (Soares) tem algo do correspondente de línguas estrangeiras em casas comerciais de Lisboa (Pessoa) e do Álvaro de Campos tardio: por isso, "Tabacaria" pode ser lido como um anúncio da segunda fase do *Livro do desassossego*. Não é em vão que o empregado de Vasques & Cª escreve o seu *Livro* com "dedo evangélico" e tem em si "todos os sonhos do mundo":

> ... e do alto da majestade de todos os sonhos, ajudante de guarda-livros na cidade de Lisboa. [...]
>
> A gloria nocturna de ser grande não sendo nada! A majestade sombria de esplendor desconhecido... E sinto, de repente, o sublime do monge no ermo, e do eremita no retiro, inteirado da substancia do Christo nos areaes e nas cavernas que são a estatuaria vazia.
>
> E na mesa do meu quarto absurdo, reles, empregado, e anonymo, escrevo palavras como a salvação da alma e douro-me do poente impossivel de pinaculos altos, vastos e longinquos, da minha estola recebida por prazeres, e do annel de renuncia em meu dedo evangelico, joia parada do meu desprezo extatico.
>
> (Pessoa, 2014a, p. 347)

Soares, como Pessoa e como Campos, deixa antever uma megalomania latente — essa que em Nietzsche se transformou no espoletar fulgurante de *Ecce Homo* — e não deixa de apelar à posteridade, ainda que seja como alguém que finge não estar interessado no assunto. "Eu, porém, que na vida transitoria não sou nada, posso gosar a visão do futuro [...] quando penso isto, erguendo-me da mesa, é com uma intima magestade que a minha estatura invisivel se ergue acima de Detroit, Michigan, e de toda a praça de Lisboa" (2014a, p. 373).

Em síntese, Lisboa é a localização-chave do *Livro*; é um miradouro donde se vê o mundo ("O Ganges passa também pela Rua dos Douradores"; 2014a, p. 248); é uma harmonia entre o natural e o artificial; é o cenário de uma epopeia sem grandes feitos, ou até mesmo sem eles; é a cidade e o campo, pois as praças assemelham-se a clareiras no bosque de casas multicolores; é uma certa luz, uma série de sons, determinados cheiros e, por fim, todo um microcosmos que faltava ao *Livro*, na sua primeira fase. E assim as efabulações do solitário Guedes vão-se transformando nos devaneios do solitário Soares, e os devaneios deste deixam de ser vagos, etéreos, "irreais". Lisboa é uma ligação à terra. É "um biombo branco onde a realidade projecta cores e luz em vez de sombras" (2014a, p. 357), um biombo que, quando se retira, como uma névoa ligeira e matutina, revela peixeiras (as varinas de Cesário!), padeiros, vendedoras, leiteiros, polícias... Lisboa é esse golpe de Realidade, de Vida que faltava ao primeiro *Livro*, essa cidade que desde há séculos vem deslumbrando os seus visitantes. Nessa capital, é relativamente fácil estudar a realidade e a irrealidade do universo — basta sair de uma zona de neblina e entrar num mercado buliçoso, por exemplo — e nela paulatinamente se descobre, como se se tratasse de uma epifania, a compenetração portentosa do espírito e da matéria. Lisboa é isso; e é isso que o *Livro do desassossego* procura ser a partir de 1929: a criação de um mundo exterior com a matéria do mundo tangível; a criação de um mundo interior com a matéria do mundo intangível. Lisboa é a representação de uma interioridade exteriorizada ao máximo, ainda que o *Livro* se acerque, constantemente, da negação ("Que serve sonhar com princesas, mais que sonhar com a porta da entrada do escriptorio?"; 2014a, p. 452) e do solipsismo ("Transeuntes eternos por nós mesmos, não ha paisagem senão o que somos. Nada possuimos, porque nem a nós possuimos. Nada temos porque nada somos. Que mãos extenderei para que universo? O universo não é meu: sou eu"; 2014a, p. 368). Lisboa é esse eu que é todos os eus; Lisboa é essa cidade que é todas as cidades.

"Existir é vestir-me" (2014a, p. 501), podemos ler no *Livro*, e Soares, como se sabe, envergou o "trajo da Rua dos Douradores" (2014a, p. 252). Resta aos leitores do *Desassossego* percorrerem o *Livro* como se percorressem uma cidade, como se se agasalhassem com o espaço que iluminou Pessoa, "Narciso cego", no dizer de Eduardo Lourenço, ao glosar este passo:

> Foi num mar interior que o rio da minha vida findou. Á roda do meu solar sonhado todas as arvores estavam no outomno. Esta paysagem circular é a corôa-de-espinhos da minha alma. Os momentos mais felizes da minha vida fôram sonhos, e sonhos de tristeza, e eu via-me nos lagos d'elles como um Narciso cego, que gosasse o frescôr proximo da agua, sentindo-se debruçado n'elle, por uma visão anterior e nocturna, segredada ás emoções abstractas, vivida nos recantos da imaginação com um cuidado materno em preferir-se.
>
> (Pessoa, 2014a, p. 123)

ANEXO 1

CESÁRIO VERDE.

[TEXTO CONTEMPORÂNEO DE *EROSTRATUS*, *C*. 1929]

Cesario Verde.

Houve em Portugal, no seculo dezanove, trez poetas, e trez sòmente, a quem legitimamente compete a designação de mestres. São elles, por ordem de edades, Anthero de Quental, Cesario Verde e Camillo Pessanha. Com a excepção de Anthero, todavia dubitativamente acceite e extremamente combatido, coube a todos trez a sorte normal dos mestres — a incomprehensão em vida, nos mesmos (como em Byron, derivando de Wordsworth e combatendo-o) sobre quem exerceram influencia.

A celebridade raras vezes acolhe os genios em vida, salvo se a vida é longa, e lhes chega no fim d'ella. Quasi nunca acolhe aquelles genios especiaes, em que o dom da creação se juncta ao da novidade; que não synthetizam, como Milton, a experiencia poetica anterior, mas estabelecem, como Shakespeare, um novo aspecto da poesia. Assim, e nos exemplos comparativamente citados, ao passo que Milton, embora sem pequenez para ser acceite pelo vulgo, foi de seu tempo tido como grande com a grandeza que tinha, Shakespeare não foi appreciado pelos contemporaneos senão como comico.

Com Anthero de Quental se fundou entre nós a poesia metaphysica, até alli não só ausente, mas organicamente ausente, da nossa litteratura. Com Cesario Verde se fundou entre nós a poesia objectiva, egualmente ignorada entre nós. Com Camillo Pessanha a poesia do vago e do impressivo tomou forma portugueza. Qualquer dos trez, porque qualquer é um homem de genio, é grande não só a dentro de Portugal, mas em absoluto.

Os restantes poetas tiveram o seu tempo, e quem tem o seu tempo não pode ter os outros. O que os deuses dão, vendem-o, diziam os gregos. ◊ Junqueiro morreu logo que morreu. O mesmo Pasoaes está moribundo. ◊ Não que d'estes poetas mais celebres que immortaes não fique nada. Ficam poemas; a obra, porém, não fica. Este phenomeno tem uma explicação, porque tudo tem uma explicação. A celebridade consiste numa adaptação ao meio; a immortalidade numa adaptação a todos os meios. Quando se diz que a posteridade começa na fronteira, assim, em certo modo se entende.

ANEXO 2

UMA OBSERVAÇÃO DE VIEIRA.
[TEXTO CLASSIFICADO COMO "LINGUÍSTICA", C. 1930]

O francez "banal" quere dizer não só vulgar mas também commum. Lembrar Vieira, reportando-se ao estylo de Frei Luiz de Sousa, que, segundo Vieira, dizia "o commum com singularidade". "Singular" oppõe-se a "commum". A "vulgar" oppõe-se "elevado" (ou, até, distincto — má palavra que deveria ser distinguido). Dizer o vulgar com elevação. Elevado mais certamente que distincto se oppõe a vulgar.[1]

---

1 Vejam-se outras referências a Vieira na introdução da edição da Tinta-da-China do *Livro do desassossego* (1ª ed., 2013; 2ª ed., 2014) e num artigo de Fernando Martinho (2008), "'Aquela grande certeza sinfónica': Bernardo Soares e Vieira".

Cesario Verde.
----------------   /por ordem de edades,

  Houve em Portugal, no seculo dezanove, trez poetas, e trez sómente, a quem legitimamente compete a designação de mestres. São elles/Anthero de Quental, Cesario Verde e Camillo Pessanha. Com a excepção de Anthero, todavia dubitativamente acceite e extremamente combatido, coube a todos trez a sorte normal dos mestres – a incomprehensão em vida, nos mesmos (como em Byron, derivando de Wordsworth e combatendo-o) sobre quem exerceram influencia.

  A celebridade raras vezes acolhe os genios em vida, salvo se a vida é longa, e lhes chega no fim d'ella. Quasi nunca acolhe aquelles genios especiaes, em quem o dom da creação se juncta ao da novidade; que não synthetizam, como Milton, a experiencia poetica anterior, mas estebelecem, como Shakespeare, um novo aspecto de poesia. Assim, e nos exemplos comparativamente citados, ao passo que Milton, embora sem pequenez para ser acceite pelo vulgo, foi de seu tempo tido como grande com a grandeza que tinha, Shakespeare não foi appreciado pelos contemporaneos senão como comico.

  Com Anthero de Quental se fundou entre nós a poesia metaphysica, até alli não só ausente, mas organicamente ausente, da nossa litteratura. Com Cesario Verde se fundou entre nós a poesia objectiva, egualmente ignorada entre nós. Com Camillo Pessanha a poesia do vago e do impressivo tomou forma portugueza. Quelquer dos trez, porque qualquer é um homem de genio, é grande não só a dentro de Portugal, mas em absoluto.

  Os restantes poetas tiveram o seu tempo, e quem tem o seu tempo não pode ter os outros. O que os deuses dão, vendem-o, diziam os gregos.   Junqueiro morreu logo que morreu. O mesmo Pascoaes está moribundo.   Não que d'estes poetas mais celebres que immortaes não fique nada. Ficam poemas; a obra, porém, não fica.

  Este phenomeno tem uma explicação, porque tudo tem uma explicação. A celebridade consiste numa adaptação ao meio; a immortalidade numa adaptação a todos os meios. Quando se diz que a posteridade começa na fronteira, assim, em certo modo se entende.

FIG. 38. "CESARIO VERDE" (BNP/E3, 14E-40ˢ)

O francez "banal" quere dizer não só vulgar mas tambem
commum. Lembrar Vieira, reportando-se ao estylo de
Frei Luiz de Sousa, que, segundo Vieira, dizia "o
commum com singularidade". "Singular" oppõe-se a
a"commum". Á "vulgar" oppõe-se "elevado" (ou, até,
distincto - má palavra que deveria ser distinguido).
Dizer o vulgar com elevação. Elevado mais certa-
mente que distincto se oppõe a vulgar.

FIG. 39. "O FRANCEZ BANAL..." (BNP/E3, 123A-1ʀ)

BIBLIOGRAFIA

ALMEIDA, Onésimo. *Pessoa, Portugal e o futuro*. Lisboa: Gradiva.
— (1987). *Mensagem: uma tentativa de reinterpretação*. Angra do Heroísmo: Secretaria Regional da Educação e Cultura, 2014.

BARRERO, Mario (org.). *La heteronimia poética y sus variaciones trasatlánticas*. Bogotá: Ediciones Uniandes, 2013.

BARRETO, José. "Fernando Pessoa — racionalista, livre-pensador e individualista: a influência liberal inglesa", em Steffen Dix e Jerónimo Pizarro (orgs.). *A arca de Pessoa: novos ensaios*. Lisboa: Imprensa de Ciências Sociais, 2007, pp. 109-127.

BARTHES, Roland, "La Mort de l'auteur", em *Le Bruissement de la langue. Essais critiques IV*. Paris: Editions du Seuil, 1984 [1968], pp. 63-69. [ed. bras.: "A morte do autor", em *O rumor da língua*. Trad. Mario Laranjeira. 3ª ed. São Paulo: WMF Martins Fontes, 2012.]

BELKIOR, Silvia. *Texto crítico das odes de Fernando Pessoa-Ricardo Reis: tradição impressa revista e inéditos*. Lisboa: INCM, 1988.

—. *Fernando Pessoa — Ricardo Reis: os originais, as edições, o cânone das Odes*. Lisboa: INCM, 1983.

BERMAN, Marshall. *All That Is Solid Melts into Air: The Experience of Modernity*. Nova York: Simon and Schuster, 1982. [ed. bras.: *Tudo que é sólido desmancha no ar*. Trad. Carlos Felipe Moisés e Ana Maria L. Ioriatti. São Paulo: Companhia das Letras, 2007.]

BLANCO, José. *Pessoana —* 1, *Bibliografia passiva, selectiva e temática*; 2, Índices. 2 tomos. Lisboa: Assírio & Alvim, 2008.

——. *Fernando Pessoa: esboço de uma bibliografia*. Lisboa: INCM; Centro de Estudos Pessoanos, 1983.

BLOOM, Harold. *The Anxiety of Influence: A Theory of Poetry*. Nova York: Oxford University Press, 1973. [ed. bras.: *A angústia da influência: uma teoria da poesia*. Trad. Arthur Nestrovski. Rio de Janeiro: Imago, 1991.]

BORGES, Jorge Luis. *Obras completas*. 4 tomos. Nueva edición revisada y corregida. Buenos Aires: Emecé, 2005. [ed. bras.: *O fazedor*. Trad. Josely Vianna Baptista. *Obras completas de Jorge Luis Borges*, vol. 2. Vários tradutores. São Paulo: Globo, 2000.] [ed. bras.: *Nova antologia pessoal*. Trad. Davi Arrigucci Jr., Heloisa Jahn, Josely Vianna Baptista. São Paulo: Companhia das Letras, 2013.]

BOTTO, António. *Canções*. Tradução parcial para inglês de Fernando Pessoa; edição, prefácio e notas de Jerónimo Pizarro e Nuno Ribeiro. Coleção Pessoa Editor. Lisboa, Guimarães, 2010.

BOWERS, Fredson, "Textual criticism", em James Thorpe (org.), *The Aims and Methods of Scholarship in Modern Languages and Literatures*. Nova York: Modern Language Association, 1970 [1963], pp. 29-54.

BRÉCHON, Robert. *Étrange Étranger: une biographie de Fernando Pessoa*. Paris: Christian Bourgois, 1996.

CASTRO, Ivo. *Editar Pessoa*. 2ª ed. aumentada Lisboa: INCM, 2013.

——. "Filologia do texto pessoano", em *Actas do Congresso Internacional organizado por motivo dos vinte anos do português no ensino superior*. Budapeste: Universidade Eötvös Loránd, 1999, pp. 95-106.

——. "Parole d'auteur contre parole de dossier: sémiotique de l'archive chez Fernando Pessoa", *Genesis*, n. 10, Paris, 1996, pp. 59-72.

——. *Editar Pessoa*. Lisboa: INCM, 1990.

——. "*Fernando Pessoa — Ricardo Reis: os originais, as edições, o cânone das odes*, de Silva Belkior", *Colóquio/Letras*, n. 88, Lisboa, novembro, 1985, pp. 156–159. Disponível em: <https://coloquio.gulbenkian.pt/cat/sirius.exe/do?issue&n=88>.

CASTRO, Ivo; DIONÍSIO, João; PRISTA, Luís; SILVEIRA, José Nobre da. "Eliezer: ascensão e queda de um romance pessoano", *Revista da Biblioteca Nacional*, série 2, vol. 7, n. 1, janeiro-junho, 1992, pp. 75-136.

Cavalcanti Filho, José Paulo. *Fernando Pessoa: uma quase autobiografia. Amores, ofícios, a arte de fingir, seus 127 heterônimos, o gênio e a liturgia do fracasso.* Apresentação de Cleonice Berardinelli. Rio de Janeiro: Record, 2011.

Coelho, António Pina. *Os fundamentos filosóficos da obra de Fernando Pessoa.* 2 tomos. Lisboa: Verbo, 1971.

——. "Algumas peças de ficção ainda inéditas de Fernando Pessoa", *Brotéria*, vol. 83, n. 10, Lisboa, outubro, 1966, pp. 332-343.

Coelho, Jacinto do Prado. *Diversidade e unidade em Fernando Pessoa.* 10ª ed. (várias edições, tais como a 3ª, de 1969, a 6ª ed., de 1980, e a 7ª ed., de 1982, foram revistas e aumentadas). Lisboa: Verbo, 1991 [1949].

Constâncio, João. "Pessoa & Nietzsche: sobre 'não ser nada'", em Bartholomew Ryan, Marta Faustino e Antonio Cardiello (orgs.). *Nietzsche e Pessoa: ensaios.* Lisboa: Tinta-da-China, 2016, pp. 161-184.

Contini, Gianfranco. *Varianti e altra linguistica. Una racolta di saggi (1938-1968).* Turim: Einaudi, 1970.

Crespo, Ángel. *La vida plural de Fernando Pessoa.* Barcelona: Seix Barral, 1988.

Cunha, Teresa Sobral. "Fernando Pessoa em 1935. Da ditadura e do ditador em dois documentos inéditos", *Colóquio-Letras*, n. 100, Lisboa, novembro-dezembro, 1987, pp. 123-131. Disponível em: <https://coloquio. gulbenkian.pt/cat/sirius.exe/ do?issue&n=100>.

Dal Farra, Maria Lúcia. "Florbela: um caso feminino e poético", em *A planície e o abismo* (Actas do Congresso sobre Florbela Espanca realizado na Universidade de Évora, de 7 a 9 de dezembro de 1994). Lisboa: Vega, 1997, pp. 145-161.

Derrida, Jacques; Wolfreys, Julian. *Writing Performances.* Lincoln: University of Nebraska Press, 1998.

Dix, Steffen; Pizarro, Jerónimo (orgs.). *A arca de Pessoa: novos ensaios.* Lisboa: Imprensa de Ciências Sociais, 2007.

Duarte, Luiz Fagundes. "Pessoa desassossegado", em Gilda Santos (org.). *Fernando Pessoa, outra vez te revejo.* Rio de Janeiro: Real Gabinete Português de Leitura/Lacerda Editores, 2006, pp. 97-114.

——. "Texto acabado e texto virtual ou a cauda do cometa", *Revista da Biblioteca Nacional*, série 2, vol. 3, n. 3, 1988, pp. 167-181.

Eco, Umberto. *I limiti dell'interpretazione*. Milão: Bompiani, 1990a. [ed. bras.: *Os limites da interpretação*. Trad. Pérola de Carvalho. São Paulo: Perspectiva, 1995.]

——. *Interpretation and Overinterpretation: World, History, Texts*. The Tanner Lectures on human values. Clare Hall, Cambridge University, 7 e 8 de março de 1990 (1990b). Disponível em: <https://tannerlectures.utah.edu/_resources/documents/a-to-z/e/Eco_91.pdf>. [ed. bras.: *Interpretação e superinterpretação*. Trad. MF. São Paulo: Martins Fontes, 1993.]

——. *Opera aperta: forma e indeterminazione nelle poetiche contemporanee*. Milão: Bompiani, 1962. [ed. bras.: *Obra aberta: forma e indeterminação nas poéticas contemporâneas*. Trad. Giovanni Cutolo. 10ª ed. São Paulo: Perspectiva, 2019.]

Eco, Umberto; RORTY, Richard; CULLER, Jonathan; BROOKE-ROSE, Christine. *Interpretation and Overinterpretation*, Stefan COLLINI (org.). Cambridge: Cambridge University Press, 1992.

FERNANDO PESSOA, *Coração deninguém*. Comissário: José Blanco; plano da exposição, pesquisa e seleção: Teresa Rita Lopes *et al*.

Lisboa: Fundação Calouste Gulbenkian, 1985. Exposição apresentada na Fundação Calouste Gulbenkian, em dezembro de 1985, pela Comissão Executiva das Comemorações do Cinquentenário da Morte de Fernando Pessoa.

FERRARI, Patricio. "On the margins of Fernando Pessoa's private Library: a reassessment of the role of marginalia in the creation and development of the pre--heteronyms and in Caeiro's literary production", *Luso--Brazilian Review*, vol. 48, n. 2, University of Wisconsin-Madison, outono, 2011, pp. 23-71.

FERREIRA, António Mega. *Fazer pela vida: um retrato de Fernando Pessoa, o empreendedor*. Lisboa: Assírio & Alvim, 2005.

FOUCAULT, Michel. *O que é um autor?* Tradução de António Fernando Cascais e Eduardo Cordeiro. 4ª ed. Lisboa: Vega, 2000.

——. "Qu'est-ce qu'un auteur?", *Bulletin de la Société française de philosophie*, n. 3, julho-setembro, 1969, pp. 73-104. [ed. bras.: "O que é um autor?", em *Ditos & Escritos III*. Trad. Inês Autran Dourado Barbosa. Rio de Janeiro: Forense Universitária, 2009.]

GABLER, Hans Walter. "The synchrony and diachrony of texts: practice and theory of the critical edition of James Joyce's *Ulysses*", em D.C. Greetham e W. Speed Hill (orgs.). *Text. Transactions of the Society for Textual Scholarship*. Nova York: AMS Press, 1984, pp. 305-326.

GAGLIARDI, Caio. "De uma mansarda rente ao infinito: a outra cidade no *Livro do desassossego*", *Veredas*, n. 17, Santiago de Compostela, 2012, pp. 19-40. Disponível em: <http://revistaveredas.org/index.php/ver/article/view/68/68>.

GALHOZ, Maria Aliete. "O equívoco de Coelho Pacheco", em Luiz Fagundes Duarte e António Braz de Oliveira (orgs.). *As mãos da escrita*. Lisboa: Biblioteca Nacional de Portugal, 2007, pp. 374-377. 25 anos do Arquivo de Cultura Portuguesa Contemporânea (ACPC). Disponível em: <https://purl.pt/13858/1/volta-textos/equivoco-coelho-pacheco.html>.

GOMES, Jesué Pinharanda. "Fernando Pessoa, pensador (na publicação dos inéditos em prosa)", em *Pensamento Português* 1. Braga: Pax, 1969, pp. 70-78.

GOMES, José António. *Poesia de Fernando Pessoa para todos*. Ilustrações de António Modesto. Porto: Porto Editora, 2008.

GREETHAM, David. *Textual Transgressions: Essays towards the Construction of a Biobibliography*.

Nova York | Londres: Garland Publishing, 1998.

GUSMÃO, Manuel. *O poema impossível: o "Fausto" de Pessoa*. Lisboa: Caminho, 1986.

HOURCADE, Pierre. *A mais incerta das certezas: itinerário poético de Fernando Pessoa*. Edição e tradução de Fernando Carmino Marques. Coleção Ensaios sobre Pessoa. Lisboa: Tinta-da-China, 2016.

ISELLA, Dante. *Le carte mescolate. Esperienze di filologia d'autore*. Pádua: Liviana Editrice, 1987.

JACKSON, David K. *Adverse Genres in Fernando Pessoa*. Oxford-Nova York: Oxford University Press, 2010.

JÚDICE, Manuela. *O meu primeiro Fernando Pessoa*. Ilustrações de Pedro Proença. Lisboa: Dom Quixote, 2007.

KLOBUCKA, Anna; SABINE, Mark. *Embodying Pessoa. Corporeality, Gender, Sexuality*. Toronto: University of Toronto Press, 2007.

LÉVI-STRAUSS, Claude. *Mitológicas*, tomo 1, *Lo crudo y lo cocido*. México: Fondo de Cultura Económica, 1964. [ed. bras.: *Mitológicas I - O cru e o cozido*. Trad. Beatriz Perrone-Moisés. São Paulo: Cosac & Naify, 2004.]

LIND, Georg Rudolf. "O *Livro do desassossego*: um breviário do decadentismo", *Persona*, n. 8, Porto, 1983, pp. 21-27.

LOPES, Teresa Rita, "O seu a seu dono", *Jornal de Letras, Artes e Ideias*, n. 1058, Lisboa, 20 de abril a 3 de maio, 2011a, pp. 10-11.

——. "Pessoa desapossado de Coelho Pacheco" [o título figura no índice da publicação, a qual esteve *on-line*], *Modernista — Revista do Instituto de Estudos sobre o Modernismo*, vol. 1, n. 1, Lisboa, 2011b, pp. 117-127.

——. "O uso das variantes de autor em Fernando Pessoa", em *Actas do Congresso Internacional organizado por motivo dos vinte anos do português no ensino superior*. Budapeste: Universidade Eötvös Loránd, 1999, pp. 85-94.

——. *Pessoa por conhecer — 1, Roteiro para uma exposição; 2, Textos para um novo mapa*. 2 tomos. Lisboa: Estampa, 1990.

——. *Fernando Pessoa: Le Théâtre de l'être. Textes rassemblés, traduits et mis en situation*. Paris: La Différence, 1985.

——. *Fernando Pessoa et le drame symboliste. Héritage et création*. Prefácio de René Etiemble. Paris: Fundação Calouste Gulbenkian | Centro Cultural Português, 1977.

LOURENÇO, Eduardo. "O *Livro do desassossego*, texto suicida?", em *Fernando Rei da Nossa Baviera*. Lisboa: INCM, 1993 [1984], pp. 81-95.

——. *Fernando Pessoa revisitado: leitura estruturante do drama em gente*. Porto: Inova, 1973.

MAILLOUX, Steven. *Interpretative Convention: The Reader in the Study of American Fiction*. Ithaca | Londres: Cornell University Press, 1982.

MARTINHO, Fernando. "'Aquela grande certeza sinfónica': Bernardo Soares e Vieira", *Românica*, n. 17, Lisboa, 2008, pp. 79-88.

MCGANN, Jerome J. *A Critique of Modern Textual Criticism*. Charlottesville: University Press of Virginia, 1992 [1983].

MCKENZIE, D.F. *Bibliography and the Sociology of Texts*. Londres: British Library, 1986.

MEDEIROS, Paulo de. *O silêncio das sereias. Ensaio sobre o* Livro do desassossego. Coleção Ensaios sobre Pessoa. Lisboa: Tinta-da--China, 2015.

——. *Pessoa's Geometry of the Abyss: Modernity and the* Book of Disquiet. Oxford: Legenda | Modern Humanities Research Association and Maney Publishing, 2013.

MONTEIRO, Adolfo Casais. *Fernando Pessoa, o insincero verídico*. Lisboa: Inquérito, 1954.

MONTEIRO, George, "Drama in Character: Robert Browning", em *Fernando Pessoa and*

Nineteenth-Century Anglo-American Literature. Lexington: The University Press of Kentucky, 2000.

NIETZSCHE, Friedrich. "Über Wahrheit und Lüge im außermoralischen Sinne", em Karl Schlechta (org.), *Werke in drei Bänden*. Munique: Hanser, 1873.

NOGUEIRA, Manuela. *O meu tio Fernando Pessoa*. Prefácio de Richard Zenith. Famalicão: Centro Atlântico, 2015.

—. *O melhor do mundo são as crianças. Antologia de poemas e textos de Fernando Pessoa para a infância*. Lisboa: Assírio & Alvim, 1988.

PAIS, Amélia Pinto. *Fernando Pessoa: o menino da sua mãe*. Com novas ilustrações. Porto: Areal Editores, 2011.

—. *Fernando Pessoa: o menino da sua mãe*. Porto: Ambar, 2007.

PAZ, Octavio. "El desconocido de sí mismo" [1961], em *Obras completas*, tomo 2 ("Excursiones/ Incursiones. Dominio extranjero"). México: Círculo de Lectores — FCE, 1991, pp. 150-169.

PERRONE-MOISÉS, Leyla. *Fernando Pessoa, aquém do eu, além do outro*. Nova edição, revista e ampliada. São Paulo: Martins Fontes, 2001.

—. *Fernando Pessoa, aquém do eu, além do outro*. São Paulo: Martins Fontes, 1982.

—. "Pessoa Personne?", *Tel Quel*, n. 60, Paris, inverno, 1974, pp. 86-104.

PERRY, Bliss. *Walt Whitman: His Life and Work*. Londres: Archibald Constable and Co., Ltd; Boston/ Nova York: Houghton Mifflin & Co, 1906. Tem ilustrações. (CFP, 8-434). Disponível em: <https://bibliotecaparticular. casafernandopessoa.pt/8-434>.

PESSOA, Fernando. *136 pessoas de Pessoa*. Edição de Jerónimo Pizarro e Patricio Ferrari. Rio de Janeiro: Tinta-da-China Brasil, 2017.

—. *Fausto*. Edição de Carlos Pittella; colaboração de Filipa de Freitas. Coleção Pessoa. Lisboa: Tinta-da-China, 2018.

—. *Eu sou uma antologia: 136 autores fictícios*. Edição de Jerónimo Pizarro e Patricio Ferrari. Coleção Pessoa. Edição de bolso. Lisboa: Tinta-da-China, 2016a.

—. *Obra completa de Alberto Caeiro*. Edição de Jerónimo Pizarro e Patricio Ferrari. Coleção Pessoa. Lisboa: Tinta-da-China Brasil, 2018.

—. *Obra completa de Alberto Caeiro*. Edição de Jerónimo Pizarro e Patricio Ferrari. Coleção Pessoa. Lisboa: Tinta-da-China, 2016b.

—. *Obra completa de Ricardo Reis*. Edição de Jerónimo Pizarro e Jorge Uribe. Coleção Pessoa. Lisboa: Tinta-da-China, 2016c.

—. *Poemas de Alberto Caeiro*. Edição crítica de Ivo Castro. Lisboa: INCM, 2015a.

——. *Sobre o fascismo, a ditadura militar e Salazar*. Coleção Pessoa. Rio de Janeiro: Tinta-da-China Brasil, 2018.

——. *Sobre o fascismo, a ditadura militar e Salazar*. Coleção Pessoa. Lisboa: Tinta-da-China, 2015b.

——. *Livro do desassossego*. Edição de Jerónimo Pizarro. Coleção Pessoa. 2ª ed. São Paulo: Tinta-da-China Brasil, 2023.

——. *Livro do desassossego*. Edição de Jerónimo Pizarro. Coleção Pessoa. 1ª ed. Rio de Janeiro: Tinta-da-China Brasil, 2016.

——. *Livro do desassossego*. Edição de Jerónimo Pizarro. Coleção Pessoa. 2ª ed. Lisboa: Tinta-da-China, 2014a.

——. *Livro do desassossego*. Edição de Jerónimo Pizarro. Coleção Pessoa. Edição de bolso. Lisboa: Tinta-da-China, 2014b.

——. *Obra completa de Álvaro de Campos*. Edição de Jerónimo Pizarro e Antonio Cardiello; colaboração de Jorge Uribe e Filipa de Freitas. Coleção Pessoa. Rio de Janeiro: Tinta-da-China Brasil, 2015.

——. *Obra completa de Álvaro de Campos*. Edição de Jerónimo Pizarro e Antonio Cardiello; colaboração de Jorge Uribe e Filipa de Freitas. Coleção Pessoa. Lisboa: Tinta-da-China, 2014c.

——. *Eu sou uma antologia: 136 autores fictícios*. Edição de Jerónimo Pizarro e Patricio Ferrari. Coleção Pessoa. Lisboa: Tinta-da-China, 2013a.

——. *Livro do desassossego*. Edição de Jerónimo Pizarro. Coleção Pessoa. Lisboa: Tinta-da-China, 2013b.

——. *Plural como el universo*. Edição bilingue, tradução e notas de Jerónimo Pizarro. Medellín: Tragaluz, 2012a.

——. *Prosa de Álvaro de Campos*. Edição de Jerónimo Pizarro e Antonio Cardiello; colaboração de Jorge Uribe. Obras de Fernando Pessoa, nova série. Lisboa: Ática, 2012b.

——. *O regresso dos deuses e outros escritos de António Mora*. Edição de Manuela Parreira da Silva. Lisboa: Assírio & Alvim, 2012c.

——. *Teoria da heteronímia*. Edição de Fernando Cabral Martins e Richard Zenith. Lisboa: Assírio & Alvim, 2012d.

——. *Associações secretas e outros escritos*. Obras de Fernando Pessoa, nova série. Edição de José Barreto. Lisboa: Ática, 2011a.

——. *Cartas astrológicas*. Edição de Paulo Cardoso, com a colaboração de Jerónimo Pizarro. Lisboa: Bertrand, 2011b.

——. *Livro do desasocego*. Edição crítica de Jerónimo Pizarro. 2 tomos. Lisboa: INCM, 2010.

——. *Cadernos*. Edição crítica de Jerónimo Pizarro. Lisboa: INCM, 2009a.

——. *Sensacionismo e outros ismos.* Edição crítica de Jerónimo Pizarro. Lisboa: INCM, 2009b.

——. *Ricardo Reis — Poesia.* Edição de Manuela Parreira da Silva. 2ª ed. revista. Lisboa: Assírio & Alvim, 2007.

——. *Escritos sobre génio e loucura.* Edição crítica de Jerónimo Pizarro. 2 tomos. Lisboa: INCM, 2006a.

——. *Espólio de Fernando Pessoa | Alberto Caeiro.* Archivo de Cultura Portuguesa Contemporánea (ACPC), 2006b. Coordenação técnica de Manuela Vasconcelos. Apresentação de Ivo Castro. Disponível em: <http://purl. pt/1000/1/alberto-caeiro/ index.html>.

——. *Obras de Jean Seul de Méluret.* Edição crítica de Rita Patrício e Jerónimo Pizarro. Lisboa: INCM, 2006c.

——. *Poesia do eu.* Edição de Richard Zenith. Obra Essencial de Fernando Pessoa. Lisboa: Assírio & Alvim, 2006d.

——. *Escritos autobiográficos, automáticos e de reflexão pessoal.* Edição de Richard Zenith; colaboração de Manuela Parreira da Silva; tradução de Manuela Rocha. Lisboa: Assírio & Alvim, 2003a.

——. *Ricardo Reis — prosa.* Edição de Manuela Parreira da Silva. Lisboa: Assírio & Alvim, 2003b.

——. *Álvaro de Campos — poesia.* Edição de Teresa Rita Lopes. Lisboa: Assírio & Alvim, 2002a.

——. *Obras de António Mora.* Edição crítica de Luís Filipe Bragança Teixeira. Lisboa: INCM, 2002b.

——. *Crítica: ensaios, artigos e entrevistas.* Edição de Fernando Cabral Martins. Lisboa: Assírio & Alvim, 2000a.

——. *Poemas 1934-1935.* Edição crítica de Luís Prista. Lisboa: INCM, 2000b.

——. *Ricardo Reis — poesia.* Edição de Manuela Parreira da Silva. Lisboa: Assírio & Alvim, 2000c.

——. *Correspondência 1923-1935.* Edição de Manuela Parreira da Silva. Lisboa: Assírio & Alvim, 1999.

——. *Cartas entre Fernando Pessoa e os directores da* Presença. Edição e estudo de Enrico Martines. Coleção Estudos. Lisboa: INCM, 1998a.

——. *Correspondência 1905-1922.* Edição de Manuela Parreira da Silva. Lisboa: Assírio & Alvim, 1998b.

——. *Poemas de Alexander Search,* tomo 2 de *Poemas ingleses.* Edição crítica de João Dionísio. Lisboa: INCM, 1997.

——. *Poemas de Ricardo Reis.* Edição crítica de Luiz Fagundes Duarte. Lisboa: INCM, 1994.

——. *Poemas de Álvaro de Campos.* Edição crítica de Cleonice Berardinelli. Lisboa: INCM, 1992.

——. *Livro do desassossego*. Edição de Teresa Sobral Cunha. Lisboa: Presença, 1990-1991.

——. *Fausto. Tragédia subjectiva*. Texto estabelecido por Teresa Sobral Cunha; prefácio de Eduardo Lourenço. Lisboa: Presença, 1988.

——. *O manuscrito de "O guardador de rebanhos" de Alberto Caeiro*. Apresentação e texto crítico de Ivo Castro. Lisboa: Dom Quixote, 1986.

——. *Livro do desassossego*. Recolha e transcrição dos textos de Maria Aliete Galhoz e Teresa Sobral Cunha; prefácio e organização de Jacinto do Prado Coelho. 2 tomos. Lisboa: Ática, 1982.

——. *Una sola moltitudine*. Edição bilingue de Antonio Tabucchi; colaboração de Maria José de Lancastre. Milão: Adelphi Edizioni, 1979.

——. *Páginas de estética e de teoria e crítica literárias*. Textos estabelecidos e prefaciados por Georg Rudolf Lind e Jacinto do Prado Coelho. Lisboa: Ática, 1967.

——. *Páginas íntimas e de auto--interpretação*. Textos estabelecidos e prefaciados por Georg Rudolf Lind e Jacinto do Prado Coelho. Lisboa: Ática, 1966.

——. *Obra poética*. Organização, introdução e notas de Maria Aliete Galhoz. Rio de Janeiro: Aguilar, 1960.

PESSOA, Fernando; BARBA-JACOB, Porfirio. *Todos los sueños del mundo | Todos os sonhos do mundo. Poemas*. Edição bilingue com prefácio e notas, Jerónimo Pizarro; tradução de Jerónimo Pizarro e Gastão Cruz; colaboração de Paloma Fernández. Medellín: Tragaluz, 2012.

PETRUCCI, Armando. *Prima lezione di paleografia*. Roma: Laterza, 2002.

——. *Writers and Readers in Medieval Italy: Studies in the History of Written Culture*. Trad. Charles M. Radding. Londres | New Haven: Yale University Press, 1995.

PIRANDELLO, Luigi. *Tutti i romanzi*. Edición de Giovanni Macchia; colaboración de Mario Costanzo. 2 vols. Milão: Mondadori, 1973.

PITTELLA, Carlos; PIZARRO, Jerónimo. *Como Fernando Pessoa pode mudar a sua vida: primeiras lições*. Coleção Pessoa. Lisboa: Tinta--da-China, 2017. [ed. bras.: *Como Fernando Pessoa pode mudar a sua vida: primeiras lições*. Rio de Janeiro: Tinta-da-China Brasil, 2016.]

PIZARRO, Jerónimo. *Alias Pessoa*. Coleção Textos y Pretextos. Valencia: Pre-Textos, 2013.

——. *La mediación editorial: sobre la vida póstuma de lo escrito*. Madri: Iberoamericana; Frankfurt am Main: Vervuert, 2012a.

——. *Pessoa existe?*. Ensaística Pessoana. Lisboa: Ática, 2012b.

——. *Fernando Pessoa: entre génio e loucura*. Coleção Estudos. Lisboa: INCM, 2007.

PIZARRO, Jerónimo; FERRARI, Patricio. "Uma biblioteca em expansão: sobrecapas de livros de Fernando Pessoa" | A Growing Library: dust jackets from Fernando Pessoa's book collection", *Pessoa: Revista de Ideias*, n. 3, Lisboa, junho, 2011, pp. 58-96.

PIZARRO, Jerónimo; FERRARI, Patricio; CARDIELLO, Antonio. *A biblioteca particular de Fernando Pessoa*. Acervo Casa Fernando Pessoa. Lisboa: Dom Quixote, 2010.

PORTELA, Manuel. "Nenhum Problema Tem Solução: um arquivo digital do Livro do desassossego", MATLIT: *Materialidades da Literatura*, vol. 1, n. 1, 2013, pp. 9-33. Disponível em: <https://doi.org/10.14195/2182-8830_1-1_1>.

PRISTA, Luís. "O melhor do mundo não são as crianças", em Ivo Castro e Inês Duarte (orgs.). *Razões e emoção. Miscelânea de estudos em homenagem a Maria Helena Mira Mateus*. Lisboa: INCM, 2003, pp. 217-238.

RAMALHO, Maria Irene. "'O Deus que faltava': Pessoa's Theory of Lyric Poetry", en *Fernando Pessoa's Modernity Without Frontiers. Influences, Dialogues and Responses*. Organização de Mariana de Castro. Woodbridge: Tamesis, 2013, pp. 23-35.

——. *Atlantic Poets: Fernando Pessoa's Turn in Anglo-American Modernism*. Hanover | Londres: University Presses of New England, 2003 [ed. port. *Poetas do Atlântico: Fernando Pessoa e o modernismo anglo-americano*. Porto: Edições Afrontamento, 2007.]

ROBERTSON, John M. *Pioneer Humanists*. Londres: Watts & Co. (CFP, 1-129), 1907. Disponível em: <https://bibliotecaparticular.casafernandopessoa.pt/1-129>.

SANTOS, Gilda (org.). *Fernando Pessoa, outra vez te revejo*. Rio de Janeiro: Real Gabinete Português de Leitura/Lacerda Editores, 2006.

SARAIVA, Arnaldo. "Fernando Pessoa e Jorge de Sena", *Persona*, n. 5, Porto, Centro de Estudos Pessoanos, abril, 1981, pp. 23-37.

SARAIVA, Mário. *O caso clínico de Fernando Pessoa*. Posfácio de Luís Duarte Santos. Lisboa: Referendo, 1990.

SEGRE, Cesare. *Dai metodi ai testi. Varianti, personaggi, narrazioni*. Turim: Aragno, 2008.

——. *Le varianti e la storia*. Turim: Bollati Boringhieri, 1999.

SENA, Jorge de. "Os poemas de Fernando Pessoa contra Salazar e contra o Estado Novo"

[1974], em *Fernando Pessoa & Cª Heterónima (estudos coligidos 1940-1978)*. 3ª ed. revista e aumentada. Lisboa: Edições 70, 2000 [1982], pp. 255-261.

——. "Inédito de Jorge de Sena sobre o *Livro do desassossego*", *Persona*, n. 3, 1979, pp. 3-40.

SHILLINGSBURG, Peter. *Scholarly Editing in the Computer Age: Theory and Practice*. Ann Arbor: University of Michigan Press, 1996 [1986].

SIMÕES, João Gaspar. *Vida e obra de Fernando Pessoa: história de uma geração*. 2 tomos. Amadora: Bertrand, 1950.

SOUSA, João Rui de, "Fernando Pessoa e o Estado Novo", *Jornal de Letras, Artes e Ideias*, n. 310, Lisboa, 14 de junho, 1988, pp. 10-13.

STEVENS, Wallace. *Collected Poetry and Prose*. Edição de Frank Kermode e Joan Richardson. Nova York: Library of America, 1997.

STOKER, Michaël. *Fernando Pessoa: De fictie vergezelt mij als mijn Schaduw*. Utrecht: Uitgeverij Ijzer, 2009.

TABUCCHI, Antonio. *Un baule pieno di gente: scritti su Fernando Pessoa*. Milão: Feltrinelli Editore, 1990.

TANSELLE, G. Thomas, "The Editorial Problem of Final Authorial Intention", *Studies in Bibliography*, n. 29, 1976, pp. 167-211.

URIBE, Jorge. "Autor in fabula: Fernando Pessoa contista", *Pessoa Plural — A Journal of Fernando Pessoa Studies*, n. 9, primavera, 2016, pp. 564-570.

VANDER MEULEN, David L.; TANSELLE, G. Thomas. "A System of Manuscript Transcription", *Studies in Bibliography*, vol. 52, The Bibliographical Society of the University of Virginia, 1999, pp. 201-212.

WHITMAN, Walt. *Poems by Walt Whitman*. Edição de William Thomas Stead. Londres: "Review of Reviews" Office. The Penny Poets, n. XXVII. (CFP, 8-664 MN), [1895]. Disponível em: <https://bibliotecaparticular. casafernandopessoa.pt/8-664>. [ed. bras.: *Leaves of Grass = Folhas de relva*. Trad. Rodrigo Garcia Lopes. São Paulo: Iluminuras, 2008.]

WIESSE, Jorge. *Otros textos: apropiaciones, 1989-2009*. Lima: Universidad del Pacífico, 2010.

WIMSATT, William; BEARDSLEY, Monroe, "The Intentional Fallacy", *The Sewanee Review*, vol. 54, n. 3, 1946, pp. 468-488.

——. *The Verbal Icon: Studies in the Meaning of Poetry*. Lexington: University of Kentucky Press, 1954.

ZENITH, Richard. "A importância de não ser Oscar? Pessoa tradutor de Wilde", *Egoísta*, número especial, Lisboa, junho, 2008, pp. 30-47.

NOTA BIOGRÁFICA

Professor, tradutor, crítico e editor, Jerónimo Pizarro é o responsável pela maior parte das novas edições e novas séries de textos de Fernando Pessoa publicadas em Portugal desde 2006. Professor da Universidade dos Andes, titular da Cátedra de Estudos Portugueses do Instituto Camões na Colômbia e Prémio Eduardo Lourenço (2013), Pizarro voltou a abrir as arcas pessoanas e redescobriu "A Biblioteca Particular de Fernando Pessoa", para utilizar o título de um dos livros da sua bibliografia. Foi o comissário da visita de Portugal à Feira Internacional do Livro de Bogotá (FILBO) e coordena há vários anos a visita de escritores de língua portuguesa à Colômbia. É coeditor da revista *Pessoa Plural* e assíduo organizador de colóquios e exposições. Escreveu, com Carlos Pittella, o ensaio *Como Fernando Pessoa pode mudar a sua vida* (2017), também publicado no Brasil. Dirige desde 2013 a Coleção Pessoa na Tinta-da-China, em Portugal e no Brasil, que inclui novas edições das obras completas de Alberto Caeiro, Álvaro de Campos e Ricardo Reis, do *Livro do desassossego*, do *Fausto*, do teatro e dos textos políticos de Pessoa, além de vários ensaios sobre o universo literário pessoano.

LER PESSOA
FOI COMPOSTO EM CARACTERES FILOSOFIA
E VERLAG, E IMPRESSO NA IPSIS
SOBRE PAPEL PÓLEN BOLD DE 90 G/M²,
NO MÊS DE ABRIL DE 2023.